改革者

すべてを変えて、組織力で勝つ

上林弘樹

竹書房

はじめに

我が北照野球部は、１９０８年（明治41年）の創部で北海道の高校の中でも歴史は古く、創部以来春５回・夏５回の甲子園出場を果たしている（最高成績は２０１０年と２０１３年のセンバツで記録したベスト８）。

そんな長い本校野球部の歴史の中で、私は１９９５年から１９９７年夏までの２年半を現役として過ごし、大学卒業後の２００２年にコーチとして母校に戻ってきた。その頃の北海道は駒大苫小牧一強の時代であり、２００４年、２００５年の夏の甲子園２連覇、さらに２００６年は準優勝に終わったものの、決勝再試合にまで及んだ田中将大投手（駒大苫小牧）と斎藤佑樹投手（早稲田実業）の２日間に渡る両エースの投げ合いを、覚えていらっしゃる方も多いと思う。

私は２００５年に野球部の部長に就任して、そこからは河上敬也監督（当時）と二人三脚で甲子園を目指した。その後、私たちは２０１０年春に10年ぶり４度目となる甲子園出場を決め、同年夏にも南北海道大会を制して春夏連続で甲子園に出場することができた。以降、私たちは２０１２年のセンバツ、２０１３年は春夏連続と、コンスタントに甲子園出場を果たしていた。

しかしその後、本校は再び甲子園から遠ざかり、なかなか甲子園への切符を手にすることができずにいた。そんな最中の２０１６年に部内で不祥事が発生したため、私たちは学校長から４か月の活動停止を命じられた（詳しくは本書でお話しする）。そして、その処分が解けた２０１７年1月、それまで部長を務めていた私が監督に就任することになったのである。

甲子園常連校と呼ばれる一歩手前まで来ていた北照野球部だったが、不祥事によってその評判も地に落ちることになった。謹慎期間中、私は野球部を立て直すにはどうしたらいいのか、ずっと考え続けた。それまでと同じことを続けていても、チームを変えることはできない。私は選手たちに反発を受けることは覚悟のうえで、大改革を施すことにした。

うちは元々男子校だったこともあり、とくに上下関係は厳しかった。そこで、私はチームを変革するために、そういったいわゆる「体育会系」にありがちな上下関係や人間関係を改めることから着手した。指導者と選手、上級生と下級生の関係すべてを白紙にして、チームを一から作り直していった。北照の新たな時代を作っていくには「個々の力」ではなく「組織力」が何よりも必要だと考えたのである。

具体的には、それまで1年生の仕事だったグラウンド整備や道具の準備、片づけを全員で行うようにした。上級生と下級生の壁や、主力と控えの選手間格差をなくすため、全員が平等に練習して、チームみんなで揃って食事も取る。指導者と選手間のコミュニケーションを活発にするために監督、コーチも寮に常駐するなどしてできるだけ選手たちとともに過ごすように努め、チームの一体感を育んでいった。

それまでのやり方は完全にリセットしての再スタートだったため、上級生たちからの反発は大きかった。しかし、そういった軋轢が生じるのは私にとっては想定内だった。根本から改めなければ、北照野球部に未来はない。私もコーチ陣もそう信じていたので、改革の手を緩めることは一切なかった。

いままでと同じことをしていては、人間的にも技術的にも選手たちの成長はない。そう考えてどんどん新しいことを試み、良いと思ったものは貪欲に取り入れていった。詳しくは本書で述べるが、練習メニューを変えたり、練習時間そのものを短くしたり、大会登録メンバーを選手間投票で選んだり、最新の戦術やトレーニングを取り入れたり、選手たちにバイトをさせたりと、いままでのやり方を180度転換して「これからの高校野球はどうあるべきか」を常に模索した。その結果、がんばった選手たちのおかげで監督就任1年後の2018年、さらには翌2019年と2年連続で夏の甲子園に出場することができた。

私の改革はいまも続いている。甲子園がすべてではないが、せめて3年に1度は選手たちを聖地に連れて行ってあげたいという思いもある。

本書では、私がどのような改革を行ったのかを明らかにしていくのと同時に、北照がどのような野球を目指し、現在どのような指導、練習、トレーニングを行っているのかをお話ししていきたい。私たちは過去の失敗を機に「組織力」や「一体感」の重要性に気づき、新たな道を切り拓いていこうとしている。本書がみなさんの参考になったり、あるいは勇気づけたりできる存在になれれば、著者としてこれほどうれしいことはない。

目次

はじめに ……… 2

序章　北照の歴史と不祥事からの再出発

北照と野球部の歴史 ……… 15
南北海道の高校野球の歴史と勢力図の変遷 ……… 18
北海道の高校野球を牽引する「北海」という存在 ……… 21
部長をしていた2016年に不祥事が発覚 ……… 24
新たな野球部を築き上げていくために〝部則〟を考案 ……… 27
反発を受けながらも大改革を断行 ……… 32
新監督としてマイナスからのスタート

第1章 監督として初の甲子園までの軌跡

自分の未熟さを痛感した初めての夏の大会 ……… 38

2018年夏、監督として初めての甲子園へ その1

新たな船出も秋の全道大会1回戦で敗退 ……… 41

2018年夏、監督として初めての甲子園へ その2

生まれ変わった北照が応援されるチームに！ ……… 44

2018年夏、監督として初めての甲子園へ その3

甲子園で勝つにはどうしたらいいのか？ ……… 49

最弱の新チームが、いかにして2年連続の甲子園出場を成し遂げたのか その1

先行き不安な船出 ……… 52

全国レベルの監督さんたちに言われた〝北照は甲子園に行くよ〟

最弱の新チームが、いかにして2年連続の甲子園出場を成し遂げたのか その2

超ハードな3部練習を3週間やり続けて夏の大会へ ……… 56

最弱の新チームが、いかにして2年連続の甲子園出場を成し遂げたのか　その3
2019年夏、南北海道大会2連覇達成 ……59
最弱の新チームが、いかにして2年連続の甲子園出場を成し遂げたのか　その4
甲子園初勝利はならなかったが、最弱世代が有終の美 ……63
北照出身のプロ野球選手 ……66
左のエース・高橋幸佑が中日ドラゴンズに入団 ……71

第2章 大阪の野球少年が北海道にやってきて指導者の道へ

小学生のときからずっとキャッチャー ……74
高槻シニアで楽しくプレー ……77
北照入部当初、北海道弁がわからず苦労 ……81

イップスを自力で克服した高校時代 ……… 83
現役時代は甲子園出場ならず ……… 87
甲子園に辿り着くための最大の敵は〝油断〟
1998年、北海道東海大学に進学 ……… 90
コーチをしながら教員免許を取得
2005年から部長に就任 ……… 93
王者・駒大苫小牧とマー君の思い出
甲子園には甲子園用の戦い方がある ……… 95
全国の強豪と対戦する春季キャンプ ……… 98
2024年は19泊20日を敢行

第3章 高校野球の新時代を切り開く組織力

指導の根底にあるのは
「社会で通用する人間になってほしい」という思い ……… 104

選手たちの自立心を育むために始めた
〝シーズンオフのアルバイト〟……106
転ぶ前に助けるのではなく、転んで学ぶ機会を与えてあげる……110
応援されるチームになるために……113
選手の成長を促すためにあえて〝休む〟……116
休むことが、選手のやる気に火をつける
専門家を招き、個々の力をアップさせる……118
圧倒的不利な状況でも平常心を保つために……121
凡事徹底の姿勢を保つことがもっとも大切
セイバーメトリクスの重要性……124
「組織力」が新時代を切り開く……127
〝3すぎ〟指導が選手の成長を阻害する
3年生の引退後の取り組み……130
引退した3年生で結成した〝野球部吹奏楽団〟

大先輩である名将たちの教え……132
「機動破壊」の生みの親、葛原美峰先生との出会い……135

第4章 北照の目指す野球を成し遂げるために

北照野球部の選手、スタッフなど……140
野球部の施設、設備、寮……142
シーズン中、フリーバッティングはほとんど行わない……148
シーズンオフの練習……150
11月の第1週にはグラウンド納め
北照のキャッチボール……153
複数人で行うのが北照流
バッティングの基本……155
前で〝割れ〟を作る

低反発バットを振りやすくするために ……… 158
守備の基本はいろいろとあるけれど ……… 161
型にはめず、一人ひとりに合った指導を
ピッチャーの指導は上から押しつけず、柔軟に ……… 164
ピッチャーを変則に変える理由 ……… 167
どういう投手が変則に向いているのか？
北照の野球 ……… 170
「北の機動破壊」を目指して

第5章

「心技体」+「医」+「科」、5つの分野からアプローチ

「心技体」に「医」と「科」をプラスして、常勝軍団を目指す ……… 174
メンタルビジョントレーニングで視野を広げ、

ボールの見極めを良くする……176
北照のセオリーと共通野球言語……178
試合で打たれたピッチャーをあえて走らせる意味……182
力負けしないために、体を大きくしてパワーをつける……184
練習試合では遠征に出て、いろいろな環境を経験することも大切……187
卒業後の進路……191
選択肢をもっともっと増やしていくのが私の役目

終章 北海道の高校野球と北照の未来

変わっていく高校野球にどう対応していくか……197
北照の野球を確立するために……200
北海道の高校野球は、現職の監督や部長が「審判」も行う……202

２０２４年夏の準決勝敗退と２０２５年に向けての展望 ……… 205
北海道の野球を盛り上げるために ……… 208
競技人口を増やすために私たちがすべきこと
甲子園で勝てるチームを作る ……… 210
道内のレベルを上げ、日本一を目指すために何をすべきか
野球も多様性の時代 ……… 213
選手の個性を生かす
高校球児のみなさんへ ……… 215
「応援されるためにどうしたらいいか？」を考えよう
おわりに ……… 220

序章　北照の歴史と不祥事からの再出発

北照と野球部の歴史

北照の歴史は長く、小樽市内に８つある高校の中でもっとも古い１９０１年（明治34年）に創立された。設立当時は「私立小樽商業学校」として開校し、その後「北海商業学校」と改称。戦後の学校改革により、１９４８年（昭和23年）に「北照高校」と再び名称を改め、現在に至っている。

元々、北照の校舎は小樽市緑2丁目の正法寺通りにあったが、1980年（昭和55年）に現在の天狗山の麓に位置する最上2丁目に移転。長く男子校だった本校が男女共学となったのは1995年（平成7年）のことである。学校の校訓は「克己復礼」。私欲や私情を抑え、社会の規範・礼儀に従って行動することを意味している。

北照の野球部は、学校創立から7年が経った1908年（明治41年）に創部された。近年は、数多くのプロ野球選手を輩出する野球部が全国的にも名を知られているが、スキー部も全国高校総体（インターハイ）優勝7回を誇る名門として名を馳せる。オリンピックで活躍したスキー部のOB選手も多く、4大

校舎の玄関に飾られた校訓「克己復礼」の書と、甲子園出場を記念するプレート

会連続で日本代表として出場した皆川賢太郎さん（アルペンスキー）、長野オリンピックで団体ラージヒルと個人ラージヒルの2種目で金メダルを獲得した船木和喜さん（スキージャンプ）などが有名である。

1988年（昭和63年）には、学校のほど近くに野球場、陸上競技場、ラグビー場、テニスコート、駐車場などを含む総合グラウンドが完成した。こういった運動部の環境整備が実り、本校野球部は1991年（平成3年）の夏に初めて甲子園の土を踏んだ。初出場以降、本校は春5回、夏5回の甲子園出場を記録している。

［北照の甲子園出場記録］

1991年夏　第73回全国高等学校野球選手権大会
1998年春　第70回全国選抜高等学校野球大会
2000年春　第72回全国選抜高等学校野球大会（2回戦進出）
2010年春　第82回全国選抜高等学校野球大会（ベスト8）
2010年夏　第92回全国高等学校野球選手権大会
2012年春　第84回全国選抜高等学校野球大会

２０１３年春　第85回全国選抜高等学校野球大会（ベスト８）
２０１３年夏　第95回全国高等学校野球選手権大会
２０１８年夏　第１００回全国高等学校野球選手権大会
２０１９年夏　第１０１回全国高等学校野球選手権大会

卒業後にプロ野球選手になったＯＢも多く、詳しくは追って説明するが、２０２４年現在、現役として活躍しているのは西田明央（東京ヤクルトスワローズ）、齋藤綱記（中日ドラゴンズ）の２名である。

南北海道の高校野球の歴史と勢力図の変遷

夏の甲子園（全国高等学校野球選手権大会）に出場するためには、私たちは小樽支部予選を勝ち抜き、さらにその後は各支部代表の16校によって争われる南北海道大会で優勝しなければならない。甲子園への切符を手にするには、７～８試合を勝ち上がっていかなければならず、南北海道大会全体の出場校数は96チーム（2024年時点）と100チームに満たないのに、試合数は激戦区と呼ばれる愛知や神奈川、大阪と変わらない。

夏の甲子園出場校が北北海道代表と南北海道代表の2校となったのは、1959年（昭和34年）からである。私が北照に入学する前の1980年代は、札幌商（現・北海学園札幌）、北海、函館有斗、東海大四（現・東海大札幌）あたりが上位進出の常連校として覇権を争っていた。

私が現役時代を送った1990年代後半は、北海、駒大岩見沢、東海大四、札幌南が甲子園に一番近い位置にいた。私が本校に入学した1995年当時は、そういった常勝チームたちに北照も徐々に近づきつつあるという時期だった。

詳しくは第2章でお話しするが、私は大阪の出身で高校入学とともに北海道にやってきた。幼い頃から甲子園（高校野球）が大好きで、夏休みには足繁く甲子園に通ったものだ。当然、小学校、中学校と野球を続け、高校は「甲子園に行ける学校」に行こうと思っていた。しかし、当時の大阪はPL学園一強の時代である。私自身それなりの実力は持っているつもりだったが、PLに入れるほどの高いレベルではなかった。

「大阪府外の学校に行くとしたらどこがいいか？」

そこで思いついたのが、力をつけつつある北照だった。専用のグラウンドを持ち、室内練習場を備えている環境の良さがより一層私を惹きつけた（当時、北海道で室内練習場を持っている学校は少なかった）。中学で同じチームだった1学年上の四宮仁志先輩が、北照に進んでいたこともあって、私は北照に入学することを決めた。

北照で過ごした3年の間に、残念ながら私たちは甲子園まで辿り着くことはできなかった。しかし、私たちの1学年下の世代が北照2度目の甲子園出場（1998年春のセンバツ）を決めてくれた。

高校を卒業して私は大学に通い、その後2002年にコーチとして母校に戻ってきた。その頃の南北海道は駒大苫小牧が隆盛を極めつつあり、2004年夏の甲子園で初優勝（北海道勢としても初）を飾ると、翌2005年夏には2連覇を達成。2006年夏に駒大苫小牧は3連覇を目指して甲子園に乗り込んだが、早稲田実業との決勝戦（延長15回引き分けとなって翌日に再試合が行われた）で駒大苫小牧の田中将大、早稲田実業の斎藤佑樹、ふたりの投げ合いによる2試合にまで及んだ激闘を制したのは、早稲田実業だった。最後のバッターとなった田中の空振り、マウンドでガッツポーズをする斎藤。あのゲームセットのシーンを、覚えていらっしゃる方も多いことだろう。

２０１０年以降は、北海が６回、北照が４回の夏の甲子園出場を記録している。そのほかには札幌第一が２回、東海大札幌、札幌大谷が１回ずつ出場している。もっとも新しいところでは２０２４年夏、札幌日大が初の甲子園出場を果たした（私たちは準決勝で札幌日大に０－１で敗れた）。

現時点では、ここまで挙げてきた北海、東海大札幌、札幌大谷、札幌日大といった強豪に加え、公立の国際情報、さらには近年野球部に力を入れている北海道栄も侮れない存在だ。現在の南北海道の高校野球はまさに戦国状態。どこが勝ち抜けてもおかしくない、このような状況をどう打破していくか。それが、これからの私たちのテーマである。

北海道の高校野球を牽引する「北海」という存在

ここ数年を振り返ると、南北海道エリアはやはり北海が頭ひとつ抜きん出た存在だといっていいと思う。

私も部長時代を含め、過去何度も北海と対戦して苦杯を舐めさせられてきた。北海は「ここそ」というときに勝負強さを発揮する。そしてその勝負強さの根本には、平川敦監督が確立した「北海の野球」がある。

北海は北海道随一の歴史と伝統を誇るチームであり、みなさんもご存じのように、夏の甲子園全国最多出場「40回」の記録を持っている。名実ともに北海道の高校野球をリードしてきたチームが北海だといえる。

平川監督は1998年の就任以来、4半世紀を超える長きに渡ってチーム作りを行ってきた。私は、部長時代からいつも「平川監督の野球を勉強したい」「北海の野球を吸収したい」と思っていた。北照の監督となって、まず頭に浮かんだのは「北海みたいな野球をしたい」ということだった。

野球指導者向けの講習会などで、平川監督が講師をされると聞けば迷わず参加して、積極的に質問などもさせていただいた。私が北照の監督になってからも、一緒に食事する機会をいただいたり、私から事あるごとに電話で質問をさせていただいたりと、お世話になりっぱなしである。

平川監督の野球、北海の野球は、すべてが「徹底」している。いまの時代、9人すべてのバッターがバットを短く持つ（しかもワングリップは空けて）という戦法を取ってくるチームは少ない。でも、北海はそれを徹底してやってくる。送りバントも徹底しているので、3番だろうが4番だろうが、好調な選手だろうが関係なくバントで送ってくる。傍から見ると面白みに欠ける野球なのかもしれないが、私にとっては平川監督のそんな「どんなときでも勝負に徹する」というブレのない采配は学びの宝庫である。平川監督の采配を見ていると、高校野球の監督というより、百戦錬磨の勝負師のような凄みを感じる。

北海の伝統は「守り勝つ野球」であり、昔から守備は固い。そのぶん「北海のバッティングはそれほどでもない」とおっしゃる他校の監督さんも中にはいる。しかし、私はその見方は間違っていると思う。バットを短く持ち、ミートに徹してくる北海のバッティングは、私にとっては脅威である。北海から大学野球や社会人野球、さらにはプロ野球に進んだ選手たちの多くが、上のカテゴリーでも打撃面ですばらしい成績を収めている。私は守備も打撃もともに追い求めていきたいと思っているので、北海のバッティングから学ぶところも非常に多いのだ。

2000年代に一時代を築いた駒大苫小牧は、走塁が抜群に良く、守備におけるバックアップやカバーリングを決して怠ることがなかった。バックアップやカバーリングは、疲れてくるとどうしても手を抜きがちになってしまうものだが、駒大苫小牧の香田誉士史監督

（現・駒澤大監督）はそれを選手たちに徹底して実践させた。香田監督と平川監督は同い年だったこともあり、当時も普段から交流があったそうだ。平川監督の何事にも手を抜かない徹底したスタイルは、香田監督から学ばれたところも多いのかもしれない。

私は監督に就任してから、バックアップやカバーリング、そのほかにもフライを打ったときに二塁まで全力で走っていく姿勢など、あまり表には出てこない地味なプレーの積み重ねが、チームの強さとなって表れることを平川監督から教わった。一見無駄にも思える地味なプレーこそ、徹底して行う。平川監督も香田監督も、そこが一貫していた。

現時点では、まだ私は平川監督ほど指導も采配も徹底しきれていない。公式戦で負けるたびに、私は自分の弱さを痛感する。今後、もし北海と戦ってうちが負けたとしたら、それは選手たちの力の差ではなく、監督の力の差だといっていい。でも、平川監督との差を埋めていくには、北海と実戦を積み重ねていくしか道はないのだ。

部長をしていた２０１６年に不祥事が発覚

２００２年に大学を卒業してすぐ、私は恩師である河上敬也監督からのお誘いもあり、母校にコーチとして復帰した（河上監督は２０２４年から公立の札幌あすかぜの監督を務めていらっしゃる）。

復帰直後の私は教員免許をまだ持っていなかったため（通っていた大学に教職課程がなかった）、改めて教職課程のある大学に入り直して日中は大学、夕方は野球部のコーチ、夜はバイトというかなりハードな生活を送っていた。

２０００年春のセンバツ出場以降、私が復帰してからも北照はずっと甲子園に辿り着けずにいた。恩師の河上監督を盛り上げよう、甲子園に行ってもらおうという思いだけでチームをサポートしていたが、勝てない時期が長く続いた。

しかし、転機が２００９年に訪れる。エース・又野知弥（元・東京ヤクルトスワローズ）と捕手・西田明央（元・東京ヤクルトスワローズ）のバッテリーの活躍もあり、私たちは秋の北海道大会を制して翌２０１０年のセンバツに出場。さらには夏も南北海道大会を制し、2季連続での甲子園出場を決めた。その後、２０１２年のセンバツ、２０１３年には再び2季連続の甲子園出場を果たすのだが、この後から再び私たちはなかなか勝ち上がることができなくなってしまった。

大会でいいところまでは行くのだが、いま一歩、甲子園には手が届かない。試合をすれば、うちの選手たちが汚いヤジを飛ばすのは当たり前。レギュラーとそれ以外の選手たちとの間に不協和音も生じていた。徐々に部内は乱れ始め、トラブルも多発するようになった。私は選手たちの起こした問題の対応に追われ、集中して野球の指導をできない状況が続いた。

そんな中、２０１５年に河上監督が部員への体罰によって辞任することになり、後任として社会人野球の北海道拓殖銀行やシダックスで監督を務められた竹内昭文氏が招聘された。

竹内監督は、その豊富な経験をうちの選手たちに還元しようと手を尽くしてくれたが、監督を支えなければならない部長である私の力不足もあって、乱れた部内の雰囲気を正すことができずにいた。その結果、２０１６年８月に部員の暴力事件やカンニング事件、無断のグッズ販売などが発覚して、学校長から４か月間の活動停止処分が下された。

不祥事によって、北照野球部の評判は地に落ちた。しかし、私はよどみきった部内の雰囲気を一新するには「すべてを明るみに出すことが必要なのではないか」と思っていた。中途半端に問題を処理しても、それは長い目で見たとき絶対に北照野球部のためにはならない。だから、活動停止処分が下されたことは非常に重く受け止めつつ「ここからがスタートだ」「未来の野球部のためにすべてを変えよう」と心に誓った。

野球部は8月から11月までの4か月間の活動停止となり、部長だった私には報告遅れによる3か月間（12月まで）の謹慎処分が日本高野連から下された。このとき、私は学校から次期監督を打診されて、ありがたくお受けすることにした。野球部の再出発はゼロからのスタート、いやマイナスからのスタートといったほうがいいだろう。選手たちとともに新たな野球部を築き上げていくには、私と一緒に歩んでいってくれるスタッフも必要である。そこで、部長として大河恭平先生（東海大浦安→東海大）、コーチとして渡辺隆太先生（東海大高輪台→北海道東海大）が本校に赴任してくることになったのだ。

新たな野球部を築き上げていくために〝部則〟を考案

活動停止期間中、私は大河部長と「野球部を立て直すにはどうしたらいいか？」を一緒に考えた。先輩、後輩といった選手間の人間関係はもちろん、私たち指導者と選手たちの関係性から仕来りや慣例といった日常の決まり事、さらには普段の練習も見直していかなければならない。言ってみれば、北照野球部創部以来の大改革である。大変なのは承知のうえで、大河部長とプランを立てていった。

　まずやっていかなければならないのは、部内のルールと規律を作り、それを選手たちに徹底して守らせるということだった。そのためには、学校生活と野球部の練習、そして普段の生活のすべてに指針となる決まり事を作る必要があった。そこで、私と大河部長のふたりで〝部則〟を考案した。そのときに作った部則をご紹介したい。

【北照野球部　部則】

■原則：成長、感謝、感動、信頼

「原則」とはすべての思考、行動の基準となるものである。その思考、行動が「成長」につながるか。その思考、行動が「感謝」を表しているか。その思考、行動が「感動」を与えられるか。その思考、行動が自分やチームに関わるすべての人に「信頼」されるかを常に基準として持つこと。原則に沿うのであれば行い、沿わなければ行ってはならない。

■目的

北照高校野球部員は、野球を通じて人間力を育成し、常に自己成長に全力を注ぎ、必ず目標を達成する。また、どんな分野であっても活躍できる人材になり、社会のリーダーとなることである（つまり、選手として全身全霊をかけて野球に打ち込むのは当然のこと。ベンチ入りメンバーは、自分以外のあらゆる人への感謝の気持ちと責任を持ちながら行動し、メンバー外であっても自己成長を怠ることなく、チームの勝利のために献身的に貢献する。引退後も成長を義務と捉え、自らを律し、次のステージに即戦力として活躍できるよう自己研鑽し続けること）。

■北照高校野球部員の姿

次に記されたものは、北照高校野球部員という配役の「脚本」である。「こうなってほしい」という理想像ではない。北照高校野球部員である以上、これが体現できなければ部員として認められず、舞台に立つこともない。すべての部員がこの脚本をいついかなるときにも演じ切り、最終的には自らの人格とすべき「絶対条件」である。

北照高校野球部員は野球選手として、一人ひとりが圧倒的な成長意欲と強さを併せ持っており、その集団は北海道の王者に君臨している。生活の中心が野球で、目標の実現に向けて本気で打ち込んでいる。目の前の快楽に負けることがない。野球に関しては全国からの研究対象となっており、応援は北海道名物なのだ。

人間的には、常に真摯であり、紳士的な人格を持ち、トップアスリートであることを自覚している。すべての野球少年の憧れであり、すべての高校生がモデルにしたい存在である。社会からはもっとも必要とされる人材となる。すべての高校野球ファンの注目の的であり、応援したいチームの代表である。

過去の慣例や常識に縛られず、最善を選び続けることを重要な価値観としている。

■野球について

攻撃　定義…自軍の選手をいかに出塁、進塁させ、生還させて多くの点数を確実に取り、勝利に結びつけること。

↓ヒットで出塁し、進塁させることも大切だが、状況に応じてヒットを打つことにこだわらず、チームの得点に最大限貢献する結果を選択する。

守備　定義…相手チームの攻撃に対し、ランナーの出塁、進塁、得点を防ぐ。または最小限に抑えること。

↓つまり練習では、エラーした後も素早く処理を行い、進塁を防ぐ。ランナーをアウトにするために必要な時間も意識してプレーを完結させる。

■学校生活について

学校の規則に準じ、社会人と同等の基準を持って行動すること。身だしなみは常に整え、紳士的な態度を取る。授業は原則に応じて成長の機会と捉え、集中して先生の話を聴き、積極的に発言をすること。授業を妨害したり、寝たり、授業にふさわしくない行動を取ったりすることは許されない。北照高校のリーダーであるという姿勢で、常に模範を示すこと。

以上が部則の主だった箇所である。このほかにも「北照高校野球部における役職について」として、キャプテンやマネージャーの役割について細かく解説したり「規則」として服装や頭髪などの身だしなみを正したり、携帯電話の使用（ＳＮＳなども含む）についても細かく規定したりした。

私は、この部則を２０１７年１月の監督就任時に、Ａ３用紙２枚にプリントアウトして部員に配り「まずはこの部則を守ることから始めよう」とみんなに伝えた。

反発を受けながらも大改革を断行

新監督としてマイナスからのスタート

２０１７年１月の監督就任時、部員は２年生が25人、１年生が26人だった。４か月の活動停止期間中は、当然のことながら練習は一切できない。活動停止期間が明けて、最初のミーティングに集まった選手たちを見渡すと、みんな野球がやりたくてうずうずしているように見えた。その思いは私も一緒である。選手たちと真正面から向き合って、野球に取り組む。それしか考えていなかったので、選手たちには「一生懸命、毎日腹いっぱい野球をやろう」と呼びかけた。

私は部長時代の反省も込めて、再スタートに際して「目指すべきチーム像」をふたつ掲げた。それは次の通りである。

①応援されるチーム

②一体感のあるチーム

いまでもよく覚えていることがある。監督就任当時、私は職員室でほかの先生方に「一体感のあるチームを作りたいんです」と話をした。すると「え⁉　野球部が一体感？」とみんなから笑われてしまった。私の発言が冗談に聞こえてしまうくらい、当時の野球部は一体感のないチームだったのだ。

また、試合中にヤジばかり飛ばしていたら、応援されるチームになどなれるわけがない。私は毎日みんなで同じ練習をして、切磋琢磨しながら最後はみんなで泣けるチームになればいいと思っていた。後で述べるが、２０１７年以降、夏の大会の登録メンバーは選手間投票で決めている。これも、一体感を目指すがゆえのやり方である。

このふたつの理想は、いまも変わらない。日々、選手たちに「目指すチームになるためには何をすべきか。それを常に問え」と言っている。

チームを一新するために、それまでのやり方や決まり事など、あらゆる物事を私は変えた。北照は元々男子校だったこともあり、とくに先輩後輩の上下関係が厳しかった。そこで、私はその垣根を取っ払うために、上級生と下級生の関係、指導者と選手の関係、すべてをリセットして、一から作り直すことにした。次に示すのが、その主たる見直し点だ。

①グラウンド整備や道具の準備、片づけを全員で行う
②基本的に全員が平等に、同じ練習をする
③選手も指導者も、チーム全員が揃って食事を取る

以前の野球部では、グラウンド整備や掃除などの雑用は1年生の仕事だった。しかし、それを「全員でやる」としたことで、当時の2年生からは猛反発を食らった。練習中に指導しようとすると「僕に指導はしないでください。いままでも好きにやらせてもらっていたんで」と言ってくる2年生までいた。

挨拶をしない選手に「挨拶をしろ」と叱ると「挨拶は野球に必要ないんじゃないですか」と言われたこともある。そのような反発を受けて、指導者の側が激怒してしまったらいままでと同じことの繰り返しになってしまう。だから、私は反発されてもそのたびに丁寧に説明をしたり、ときには場所を変えて一対一で話し合ったりと、根気強く選手たちと接することを心掛けた。

環境が荒めば、心も荒む。当時の部室やトイレは落書きだらけ、穴だらけだった。だから、私は選手たちと一緒に部室やトイレの修繕をして、壁にはペンキを塗ってきれいにした。

そのほかにも、挨拶・返事をする、身の回りの整理整頓（部屋を整える、靴を揃える、バ

ッグを揃えて置く、トイレのスリッパを揃える）など普段の生活姿勢、態度から改めていくことも続けた。

監督就任当初、保護者の方々は「なんで上林が監督なんだ」と思っている方が多いように感じた。確かに、前任の河上監督、竹内監督ともに大ベテランで野球指導者としてすばらしい経歴、実績をお持ちだった。それに比べて私は何の肩書きも経歴もなく、37歳と若かった。保護者の方々が「上林に任せていて大丈夫か？」と思うのも無理からぬことだった。

しかし、私が選手たちと地道に野球部を変える活動を続けていると、ある保護者の方からこう言われた。

「高校野球のあるべき姿ってこうですよね。こういう野球部で野球をやらせたいと思っていたんですよ」

私はそう言われて、自分のやっていることの方向性は間違っていないんだと確認できた。すると、私に否定的だった保護者の方々の反応もちょっとずつ変わっていった。

２０１７年の夏の大会から、うちではベンチ入りできる登録メンバーを選手間投票で決めている。当時は3年生の部員の投票だけでやっていたが、現在は３年生＋２年生の総意（話し合って20名を選出してもらう）で決めている。これまで、彼らが決めた決定に私が手を加えたことは一度もない。

選手たちで決めた登録メンバーは、私から見ても納得のいく選出ばかりだった。3年生と2年生の総意では多少ズレが見られるときもあるが、そういった場合には私が最終調整をしている。

選手たちは、指導者の見ていないところでもお互いを見ている。要領がいいだけで、人間的に信頼されていない選手が登録メンバーに選ばれることはない。指導者のいない、選手たちだけの空間でこそ、選手一人ひとりの本当の姿、本音、本心が出てくる。だから、選手たちの選出には嘘がないし、そうなると普段の練習で手を抜くことなどできなくなる。

「あいつは監督に気に入られているから選ばれたんだ」というような選手が登録メンバーにひとりでもいると、チームの一体感は損なわれてしまう。私はそれだけは避けたかったので、選手たちにとってもっとも大切な最後の夏の大会だけは、選手間投票で登録メンバーを決めているのだ。

第1章

監督として初の
甲子園までの軌跡

自分の未熟さを痛感した初めての夏の大会

前年の不祥事の影響によって、2017年4月に本校野球部に入ってきた新1年生は14人だった（この1年生たちが2年・3年生となったときに、私たちは2年連続で夏の甲子園に出場することになる。それに関しては後述する）。

最初は私たち指導陣に反発していた最上級生も、時間が経つうちにだんだん私の目指す野球、チーム像を受け入れてくれるようになった。練習にも一生懸命に取り組み、5月の試合では例年以上のホームラン数を記録した。

夏の大会では小樽支部の予選を勝ち抜き、本戦である南北海道大会に進むことができた。

1回戦の相手は、私が目標とする北海に決まった。

チームの攻撃力も高まっていたので、優勝候補の北海が相手でも対等に戦える自信が私にはあった。だが蓋を開けてみれば、4－11の8回コールド負けという結果が待っていた。

あの代の北海には、主軸に川村友斗（福岡ソフトバンクホークス）、ピッチャーに阪口皓亮（東京ヤクルトスワローズ）など全国レベルの選手が揃っていて、確かに強かった。でも、私はうちのチームの総合力に自信を持っていただけに、敗戦のショックは大きかった。

コールド負けになった8回の北海の攻撃は、ランナー一三塁からのセーフティースクイズで始まった。この1点は、監督としての未熟さを痛感させられた1点でもあった。

いまでこそ、ランナー一三塁でのセーフティースクイズはよく目にするようになったが、当時はまだ頻繁に見かける戦術ではなかった。しかもあのとき、北海のバッターはバントの構えをしていた。しかし、そこで内野手が安易に前に突っ込めばバスターもあり得る。私には平川監督が何をしようとしているのか、まったくわからなかった。「なに、この作戦は？」と思っているうちに、うまく初球で決められてしまった。

あっという間に1点を奪われ、その後も2アウト・ランナー二塁から点を入れられ……。こちらはなす術もなく、コールド負けとなった。私自身がランナー一三塁の場面で戸惑ってしまっただけでなく、それ以前の問題として、そうなったときの守備のフォーメーションも普段の練習で指導できていなかった。

そのほかにも、この試合では自分自身の情けなさを感じることが幾度もあった。

内野ゴロでショートがファーストへ送球した際、一塁手のミットをボールが突き破り、セーフになってしまった。ミットの網の部分のヒモが切れたために起きたエラーだったが、こんなことは普段の試合ではあり得ないことである。いつも「グローブや道具の手入れはちゃんとするように」と選手たちに言い聞かせていたのに、私は事前に各選手のグラブのチェックもせずにいた。

また、この試合では普段のサインを変えて「太ももの部分を触ったら盗塁」にしていた。試合前に私が思いついてそうしたのだが、ランナー一塁の場面で4番バッターに打順が回ってきた。得点のチャンスである。でも、4番バッターが緊張のせいか、私にはちょっと浮ついているように見えた。そこで「足に力を入れろ!」という意味で自分の足を叩くジェスチャーをした。私は、自分の犯したミスにまったく気づいていなかった。当然、一塁ランナーもバッターも、私から盗塁のサインが出たと判断している。盗塁したランナーがアウトになった瞬間、私は自分のミスに気づいた。

この敗戦は監督として反省ばかりで、自分の力のなさを痛感させられた。負けたのは選手たちの責任ではなく、私自身の責任である。勝つための練習も戦術も、普段の選手の管理も、私は何もできていなかった。ひと言でいえばすべてが未熟だった。前章でお話しした「徹底すること」の大切さを、私はこのときに思い知らされたのである。

2018年夏、監督として初めての甲子園へ　その1

新たな船出も秋の全道大会1回戦で敗退

3年生の引退後、夏休みから2年生（26人）＋1年生（14人）の新チームでの活動がスタートした。

夏の大会の反省を生かして、私は練習の見直しのみならず、普段の生活（挨拶、整理整頓）をより一層しっかりやっていこうと選手たちに呼びかけた。チーム力をレベルアップさせていくのに、近道はない。試合中のカバー、バックアップ、全力疾走。そういった「当たり前」のことを徹底していくことで道は開け、チーム力もアップしていくのだ。

2年生26人は「甲子園に行きたい」という思いも強く、大河部長が担任だったこともあって気持ちも指導陣と通じ合っていた。

「次の夏こそは、このメンバーで甲子園に」

私は決意を新たにして、新チームの指導に取り組んだ。

夏休みに入ってすぐ、新チームで合宿を行った。そこでは古典的だが「靴を揃える」「道具の手入れをしっかり行う」「ランニングのときに、足を揃えて走る」といった基本を徹底した。ときには「こうやって足を揃えるんだ」と私たち指導陣も選手たちと一緒に走ったりもした。

基本の徹底と厳しい練習を積み重ねる中で、チームは徐々にたくましさを備えていった。左のサイドハンドのエース・原田桂吾（現・日立製作所）の調子も良く、練習試合では連戦連勝。私は「これなら秋はいいところまで行ける」という手応えを感じていた。

ところが、秋の大会の支部予選は順調に勝ち上がったものの、肝心の北海道大会で私たちは1回戦敗退を喫した（旭川実業と当たり1－2で惜敗）。総合力では私たちのほうが勝っていたと思う。ところが、夏の敗戦に続いて秋の大会でも敗れたことで「なんで負けるんかな……」と、私は指導者としての不甲斐なさを痛感することになった。2季連続の道大会1回戦負けは「俺は一生勝てないんじゃないか……」と思ってしまうほど、本当にショックなものだった。

選手たちは1回戦敗退という結果に、当然のことながらまったく納得していなかった。悔しさもあったと思うが、選手たちは気持ちを切り替え、目の色を変えてシーズンオフの練習に必死で取り組むようになった。チームを引っ張っていってくれたのは、キャプテンの三浦響である。

　私の指導者人生の中で、三浦ほどキャプテンシーを持った選手はほかにはいない。また、三浦はどんな状況に追い込まれたとしても、決してへこたれなかった。２０１７年に４か月の活動停止処分を受けたとき、多くの選手は「４か月間、どうしたらいいんだ……」と当初は途方に暮れていた。しかし、１年生の三浦だけは違った。彼は私に「僕は絶対に甲子園に行きます。そのために北照に来たんで。必ず監督を甲子園に連れて行きます」と言って、自主練習を欠かさなかった。

　三浦はキャッチャーだったが、入学したばかりの頃はそれほどの実力ではなかった。しかし、持ち前の精神力で努力を続け、新チームになったときにはレギュラーの座をつかみ、その後もどんどんうまくなっていった（いまは社会人野球の北海道ガスで現役を続けている）。キャプテンとともにほかの選手たちもきつい冬の練習を乗り越え、春を迎えた頃には彼らは心技体ともに一回りも二回りも大きくなっていた。

２０１８年夏、監督として初めての甲子園へ　その２

生まれ変わった北照が応援されるチームに！

ひと冬を越え、著しい成長を見せてくれた選手たちとともに、２０１８年の春の大会を迎えた。夏の甲子園を目指すにあたり、まず私たちは「全道大会に出場して、準決勝まで行こう」と目標を立てて大会に臨んだ。

小樽支部予選を勝ち抜き、私たちは全道大会に進出した。１回戦でコールド勝ちを収め、迎えた２回戦の相手はクラーク国際。その試合前にこんなことがあった。

会場である円山球場に到着後、私たちの入場を見守っていた観客のみなさんにキャプテンの三浦が「おはようございます」と丁寧に挨拶をしながら球場入りした。その三浦を見て、観客たちが少しざわついた。いままでの北照であれば、観客の方々に挨拶するような選手はほとんどいなかった。高校野球好きの観客の方々は、そんなかつての北照を知っていただけに「お、どうした北照？　挨拶なんかして」ときっとお思いになったのだろう。

キャプテンにつられるように、ほかの選手たちも挨拶をしながら歩いていくと「北照、がんばれよ！」と、観客の方々が私たちに温かい言葉をかけてくれた。私が北照の指導者となってから、このような声援を観客から受けたのは初めての経験だった。

私の気のせいかもしれないが、試合中もいつもより北照を応援してくれる声援が多かったように感じた。そして、2回戦を2－0で勝利した私たちは無事、目標である準決勝に駒を進めた。

選手たちは、この円山球場での経験によって「挨拶ひとつで周囲の反応がこんなにも変わるんだ」と気づいた。私も選手たちも目指していた「応援されるチーム」になりつつある、と手応えを感じることのできた一日だった。

準決勝で、私たちは札幌日大に5－6で敗れて決勝進出はならなかったが、目標を達成できたことで「やってきたことを続けていけば、夏はきっと勝てる」と確信した。大会後、三浦はチームの選手全員に「いままでやってきたことを、これからはもっとしっかりやっていこう。そうすれば、まわりの人たちももっと応援してくれるようになる。みんなで北照を変えていこう」と呼びかけた。

野球の基本も、普段の生活も、あらゆることを〝再徹底〟して臨んだ夏の大会。小樽支部予選で私たちは順調に勝ち上がっていったが、決勝の小樽潮陵戦が雨天コールド、ノーゲームとなり、翌日に順延となった。雨天コールドとなったこの試合で、私たちは初回に一挙13得点して、3回まで15－2で勝っていた。ところが無情の雨によって、翌日再試合となってしまったのだ。

次の日、うちの初回（1回裏）の得点は1点だった。小樽潮陵は前日13失点だったのが1失点で済み、そこから「今日はいけるんじゃないか」と雰囲気がガラッと変わった。うちの選手たちは1得点しかできなかったことに動揺してしまい、2回表に3ランホームランを浴びてすぐに逆転され、8回表にも再び同じ打者に3ランを打たれた。序盤に私たちも小刻みに得点を重ねていたが、終盤の一発はさすがにこたえた。8回表の時点で7－3の4点ビハインド。ホームランで突き放され、マウンドにいたエースの原田を降板せざるを得なかった。エースの降板を決めた私は「甲子園に行けると思ったのに……」と気持ちが切れそうだった。しかし8回裏、うちの選手たちは「まだいけるぞ！」と闘志を燃え上がらせて攻撃に入った。すると、ここで奇跡が起きる。連打に次ぐ連打で、瞬く間に4得点して7－7の同点になったのだ。

そして1アウト・ランナー二塁の状況で、この代を牽引してきた三浦がバッターボックスに入った。みんなが祈るような気持ちで見守る中、三浦は2ベースヒットを放ってついに逆転。そのまま9回表の小樽潮陵の攻撃を何とか無失点でしのぎ、私たちは支部代表の座をつかんだ。勝った瞬間、選手たちは号泣していた。スタンドで応援してくれていた保護者のみなさんも泣いていた。チームが目指した「一体感」がそこにはあった。一致団結しているチームを見て、私は「このチームは甲子園に行ける。甲子園に値するチームだ」と思った。

南北海道大会の1回戦の相手は知内だった。この試合でスタンドを見渡すと、小樽潮陵の選手やそのほかの対戦した小樽のチームの選手たちが応援に駆けつけてくれていた。大声援の中、私たちは2－1で初戦を突破。試合後、知内の監督さんから「北照はいいチームですね。優勝を目指してがんばってください」と激励の言葉をいただいた。私は初戦突破の喜びとともに、みんなが応援してくれるチームになれたことをとてもうれしく感じた。

準々決勝の札幌第一戦、準決勝の札幌日大戦と私たちは連勝して、決勝戦に駒を進めた。決勝の相手は、かつて何度も行く手を阻まれた駒大苫小牧だった。

試合を重ねるごとに北照を応援する観客は増え続け、決勝戦のスタンドには、札幌第一、札幌日大なども含む、私たちと対戦したチームの選手たちが大勢駆けつけてくれていた。スタンドにいたうちの応援部隊の選手に聞くと、他校の選手たちは「北照の応援が楽しそうだったので、一緒にやってみたかった」と言っていたそうだ。決勝戦では、うちの応援部隊よりも他校の生徒たちのほうが多いほどで、スタンドには大応援団が結成されていた。

　私はずっと、駒大苫小牧はライバルだと思っていた。指導者になったばかりの頃から、何度も叩きのめされてきた。当時の香田監督にはお会いするたびにいろいろと質問もさせていただいた。だからこそ、駒大苫小牧には「勝ちたい」という思いが強かった。この決勝戦に限っていえば「勝てば甲子園」という思いより、駒大苫小牧と試合ができる喜びのほうが大きかった。試合は、15－2で私たちの大勝だった（奇しくも、雨で流れた小樽潮陵戦とスコアが同じ）。いまこの決勝戦を振り返ると、何かに導かれるように得点を重ねて、勝った気がする。あっけないといえばあっけないが、甲子園に行けるときというのは、えてしてそういうものなのかもしれない。

　5年ぶりの夏の甲子園出場を決めて「北照の野球は変わったね」「北照はいいチームになったね」といろんな人に言っていただいた。私は大河部長、渡辺コーチと苦労しながら取り組んできたことが実を結んで、本当にうれしかった。決勝戦後、表彰される選手たちを見ながら「甲子園にふさわしいチームになれたんだな」と思うと、自然に涙があふれてきた。

　1年半前の騒動を思えば、甲子園に行けるのは自分でも信じられない部分があった。しかも、この甲子園は「第100回」の記念大会である。南北海道大会決勝戦が終わってから、しばらくは「夢なんじゃないか？」と、どこかふわふわした感じで過ごしていた。

大先輩である北海の平川監督から、決勝戦の前に「お前なら大丈夫だよ。がんばれ！」と激励の電話をいただいた。決勝戦に勝利した後も平川監督は電話をくれた。私が「100回大会に出られるなんて夢のようです」と話すと「お前はそういう星の下に生まれてきたんだ。いままで苦労したのも、すべてこのときのためだったんだよ」と労ってくれた。

小樽界隈の他校の監督さんたちは、私が監督になる前、そして監督になってからの苦労をみなさんがご存じだった。だからか、他校の監督さんたちからも「上林先生、甲子園でがんばってね」と温かい言葉をたくさんいただいた。そのほかにも学校関係者、野球関係者のみなさんから、たくさんの労いや励ましの言葉をいただき、私は本当にうれしく感じると同時に、いままでの苦労が報われた思いだった。

2018年夏、監督として初めての甲子園へ　その3

甲子園で勝つにはどうしたらいいのか？

監督として初めての甲子園は、先述したように記念すべき「第100回大会」でもあった。

北照としても5年ぶりの甲子園となり、選手たちの中に甲子園経験者はひとりもいない。1回戦の相手は甲子園初出場の沖学園（南福岡）だったが、私たちも経験値からいえば初出場のようなものだった。

結果として、私たちは2－4で敗れた。終始相手にリードされて、こちらも好機にあと1本が出なかった。私にとって監督として初めての甲子園は、正直印象があまり残らないほどあっという間に終わってしまった。

甲子園1回戦敗退という結果を受けて「やはり甲子園は毎年来ないとダメだな」とまず感じた。選手たちも戸惑っていたし、私たち指導陣も困惑することが多かった。5年のブランクはとても大きく、しかも私たちはスタッフが一新されていた。甲子園でいつもの自分たちの力を発揮するには、常連校と呼ばれる存在になる必要がある。最低でも3年に1度は甲子園に来て、その経験を選手間で受け継いでいかなければならないと強く思った。

また、暑さ対策も含めてもっと「甲子園基準」で練習しないと、甲子園では勝てないことも理解した。北海道と関西の暑さは質がまったく違う（北海道の夏は、暑くても湿度はそれほど高くないのでカラッとしている）。暑さ対策も、試合前の準備も、試合中の戦い方も、自分ではしっかりやったつもりだったがすべてが甘かった。

試合中、レフトを守っていた選手が足をつってしまい、私は状況を確認するためにレフトまで走った。それまでの甲子園では、監督がグラウンドに足を踏み入れることは許されていなかったのだが、この第100回大会から選手の体調に異状が生じた場合、交代権限のある人間が現場に駆けつけていいことになっていた。試合後、関係者のみなさんから「上林さんは甲子園のグラウンドに入って、思いっきり走った初めての監督だ」と囃し立てられた。だが、私がもっとしっかり暑さ対策をしていれば、レフトの選手も足をつらずに済んだと思う。

この代は選手たちのがんばりもあって、走攻守、投手ともに戦力はある程度充実していた。試合前はもっとやれるチームだと思っていたが、沖学園はバットを振ってくるチームだった。私たちは、その勢いに飲まれてしまった。

沖学園と対戦してみてわかったのは、打力の差である。南北海道を勝ち上がるには、私たちがやってきた野球を徹底すればよかった。しかし、甲子園で勝つためには何かひとつ、違う野球をしていかなければならないことを痛感した。

沖学園の選手は攻撃でも守備でも、思い切りがあった。さらに、一人ひとりが考えて動いているように見えた。それぞれの選手が「指示される野球」「管理される野球」の殻を破り、自立していたのだ。沖学園の選手には「やらされている」という感じがまったくなく、のびのびとプレーしていた。一方、うちの選手たちは一生懸命やってはいるのだが「管理されている」という感じがどうしても出てしまう。自立してプレーしているか、いないか。その差が勝敗となって表れたように思う。

最弱の新チームが、いかにして2年連続の甲子園出場を成し遂げたのか　その❶

先行き不安な船出

全国レベルの監督さんたちに言われた〝北照は甲子園に行くよ〟

19人の3年生たちが引退して、新チームの主役となったのは、あの騒動後に入学してきた14人である。「これから北照はどうなってしまうのだろう?」と世間の人たちが感じている中、この14人は北照に入学してきてくれた。ほかの世代に比べれば、野球のレベルはかなり低かった。というより、私が北照の指導者となってから「最弱」といってもいいくらいの実力だった。

キャプテンの伊藤陸は小樽の出身で「上林先生が監督になるのなら、僕は北照に行きます」と言って入学してきてくれた選手だ。伊藤はこの代一番の実力者といってよく、前年の甲子園でも彼だけはベンチ入りしていた（ポジションはショート）。

もうひとり、新チームとなって「こいつをエースに」と期待していた桃枝丈という選手がいた。しかし、彼は新チーム立ち上げの初日の練習に来なかった。先輩たちにとてもかわいがってもらっていた選手で、前の日から「僕は先輩たちと一緒に引退します」と冗談とも本気ともつかない発言をしていて、私も「もしかしたら、桃枝は来ないんじゃないか……」と心配していた。

桃枝がグラウンドにいないので、ほかの選手たちに聞くと「辞めると言って帰りました」と言う。慌てて私は車で彼を追いかけ、学校に連れ戻した。「お前がいなかったら、ほかの13人はどうなるんだ」「お前がいなくなったら、ピッチャーは誰がやるんだ」。そう言って彼を諭したのだが、何とも先行き不安な船出となった。

新チームとなって練習試合をしても、連戦連敗。しかも、内容はボロ負けばかりだった。「100回大会で甲子園に行けたのは奇跡だ」と思えるほどに、新チームは弱かった。

秋の大会は桃枝がエースとなり、小樽支部予選は勝ち上がったものの、全道大会で旭川大を相手に1回戦負けを喫した。チーム状況を考えれば全道大会1回戦負けは当たり前で、逆によく支部予選を勝ち抜けたと思う。

ひと冬を越え、春休みの恒例であるキャンプ（遠征試合）に行くことになった。2年生14人、1年生19人の計33人で1台のバスに乗り、関東を14泊15日で巡る旅である。チームは変わらず弱小だったが、選手たちに耐性をつけるうえでも、私はビッグネームと試合がしたかった。幸い、第100回大会の甲子園に出場したことで、北照の名も多少は知られるところとなり、健大高崎、山梨学院、東海大相模、花咲徳栄、学法石川といった錚々たる強豪校と練習試合を組むことができた。

遠征最初の試合は「機動破壊」で知られる健大高崎だった。試合はもちろん大敗に終わったが「機動破壊」の生みの親でもある葛原美峰アドバイザー（現在は三重・海星でアドバイザーをしている）から、なぜか「このチームは粘りがある。こういうチームは甲子園に行くぞ」とお褒めの言葉をいただいた（葛原先生とはいまでもお付き合いがあり、たまにチームを指導していただいている。そのことに関しては、第3章でお話ししたい）。

続く山梨学院戦では、吉田洸二監督に「北照はいいチームだね」と言っていただいた。「ボロ負けしてるんで、やめてください」と私が言うと、吉田監督は「試合前のアップのときから選手たちが自分で考えて動いている。選手が自立している。こういうチームは甲子園に行くよ」と言っていただいた。

3戦目の相手は、門馬敬治監督（現・創志学園監督）率いる東海大相模である。この日はエースの桃枝も登板させたが、2試合やって40点くらい取られたように記憶している。試合後、門馬監督に「本当に申し訳ありません。練習相手にもならなくて」と謝ると「上林先生、練習あるのみだから。うちも40点取ったからって安心することはない。この後もしっかり練習する。とにかく練習あるのみだよ」と非常に重いひと言をいただいた。

門馬監督からは「先発の桃枝君っていいね。うちに欲しいくらい」とも言われた。門馬監督が言うには、桃枝のような右のスリークォーターで130キロ台後半のボールを投げるピッチャーは「はまると強い」とのことだった。「彼はきっと甲子園に行くようなピッチャーになるよ」と。そのときはお世辞にしか聞こえなかったが、さすが全国優勝4回の名将である。きっとあのとき門馬監督には、私には見えない桃枝の未来が見えていたのだろう。

このとき、14泊15日で10校と練習試合をさせていただき、見事に全敗だった。少しは勝てると思っていたが、まさかの全敗とは……。帰りの道中、大河部長、渡辺コーチと「遠征で全敗なんて初めてだな」とため息交じりに話したのをよく覚えている。

超ハードな3部練習を3週間やり続けて夏の大会へ

連戦連敗の春キャンプを終えて、私たちは春の大会の小樽支部予選に臨んだ。結果は案の定というべきか。支部決勝戦で小樽双葉に9－14で敗れて、全道大会に進むことはできなかった。しかもエースの桃枝ともうひとり、二本柱でがんばっていたピッチャーの水川大地が決勝戦の投球練習中（継投させようと思っていた）に、尺骨を疲労骨折してしまうというアクシデントが起きた。決勝戦は5月中旬に行われたので、6月下旬から始まる夏の大会にはどう考えても間に合わない。全道大会に進めず、さらに二本柱の一本も失うという散々な一日になってしまった。

とはいえ、ここで歩みを止めたら、2年連続の甲子園出場が断たれてしまう。私は選手たちに「俺たちは、これだけやったんだから負けるわけがない」という自信を持って夏の大会に臨んでほしかった。そこで、指導者になってから一番といっても過言ではない厳しい練習を選手たちに課した。

選手たちには、朝6時から2時間の朝練、放課後（14時～19時）の通常練習、そして夜食を食べた後の夜練（20時～22時）の3部練習を命じた。当然、始めた当初は選手たちの間から文句も出た。いくら練習しても弱いままなのだから、ボヤきたくなる気持ちもよくわかる。でも私は「北照史上最弱と呼ばれたままでいいのか？」と選手たちを鼓舞して、夏の大会の前に3部練習を3週間続けた。

この3部練習の期間中、私は選手たちに長距離をよく走らせた。実は、春の大会に入る前のゴールデンウィークに、私たちは東北に遠征して青森山田と練習試合を行ったのだが、そのときに同い年でもある青森山田の兜森崇朗監督から、こんな話を聞いたからである。

試合の合間に兜森監督と話をした際に「長距離走は体のキレを出すのにいいよ」と教えてもらった。近年は筋肉をつけるために長い距離は走らせず、ウェイトトレーニングや瞬発系の短い距離のランメニューが推奨されている。しかし、兜森監督は「長距離を走ると体にキレが出てスピーディーになる。だから長い距離を走るのもありだと思うよ」と教えてくれたのだ。

兜森監督のこの話を聞き、私は目からうろこが落ちる思いだった。最新のトレーニング理論はいくつも学んでいたが「長距離を走らせると痩せてしまってパワーが落ちる」という思い込みやイメージを、いつの間にか私は持つようになっていた。でも、体を大きくしたいと瞬発系を中心に鍛えたところで、結局は打てず投げられずのチーム状況である。行き詰まりを感じていた私は、兜森監督の話を参考に3部練習のメニューに長距離走を加えた。とくに投手陣には徹底して長距離を走らせた。桃枝には朝10キロ、昼10キロ、さらに夜10キロを加えて計30キロを走らせたこともあった。

二本柱のひとりである水川がいなくなってしまい、私は桃枝に「お前がエースで4番だ。夏に勝つにはそれしかない」と伝えた。するとその言葉が響いたのか、ちゃらんぽらんだった桃枝の目の色が変わり、3週間の猛練習を彼だけは文句のひとつも言わずにこなした。高校生はあることをきっかけにして、大きく成長を遂げることがある。このときの桃枝が、まさにそんな感じだった。

3部練習中の5月下旬、平日だったが北海の平川監督にお願いして放課後に練習試合をしていただいた。桃枝を先発させたが、序盤になんと10失点。それでも、うちの大黒柱は桃枝だとチームのみんなが思っていた。私は桃枝に「ここからやり直そう。スコアボードに0を並べよう」と話した。すると桃枝は、そこから最終回までいいピッチングをしてくれた。

試合後、平川監督に「情けない試合ですみませんでした」とお詫びすると「上林、甲子園に行くよ、このチームは」と、関東の名将たちと同じことを平川監督がおっしゃった。しかも、続けて「小樽双葉と北照の支部予選決勝が事実上の道大会決勝だ」とも。私はいじられているとしか思えなかったので、なぜそう感じるのかはそのとき聞かなかった。もしかしたら平川監督は、最後まであきらめないで戦う私たちの姿勢から何かを感じたのかもしれない。こうして選手たちはハードな3部練習を乗り越えて、夏の大会に臨むことになったのである。

最弱の新チームが、いかにして2年連続の甲子園出場を成し遂げたのか　その❸

2019年夏、南北海道大会2連覇達成

史上最弱と呼ばれた選手たちが一生懸命練習してくれたので、夏の大会を迎えた私はその時点である程度満足していた。もちろん、2連覇を狙えるのは私たちだけなので、マスコミの方々には「2連覇を狙います」と言っていたが、本心は「選手たちと楽しんで野球ができればそれでいい」という思いだった。

支部予選の決勝は大方の予想通り（というか平川監督の予言通り）、小樽双葉と北照の顔合わせとなった。試合は桃枝の投打に渡る活躍もあって4－0の完封勝ち。桃枝がホームラ

ンも打っての完勝だったが、この支部予選を通じてチームのバッティングが良くなっていることを私は感じていた。「これなら本大会でもいい勝負ができる」と、私たちは自信を持って南北海道大会に乗り込んだ。

1回戦の北海道大谷室蘭に勝ち、続く準々決勝の相手である札幌創成には竹内龍臣（中日ドラゴンズ）といういいピッチャーがいたが、うちが勢いに乗って6－0で勝利した。

準決勝の相手は、前年の決勝で当たった駒大苫小牧である。このときの駒大苫小牧には2年生エースの北嶋洸太とキャッチャー・竹中研人という最強バッテリーがいて、実力的には相手のほうが格上だった。でも、何としても駒大苫小牧には勝ちたい。そう思って試合前、4番・桃枝の後の5番を打っていた國方海成に「桃枝は完全にマークされているから、チャンスが来たらお前に打たせる」と伝えた。桃枝は試合でバントなどしたことはなかったが、彼にも「今日はバントもあるぞ」と事前に言っておいた。

4－4の同点で迎えた7回表、ノーアウト・ランナー一塁。バッターは桃枝だったが、私は送りバントのサインを出した（桃枝も最初からバントをするつもりでいてくれた）。桃枝のバントがピッチャー前に転がった。普通であればバッターの桃枝はアウトのタイミングだったが、この日は雨が降っていてゴロがピッチャーの前でイレギュラーバウンドとなり、桃枝も一塁にヘッドスライディングしてセーフになった。

うちでは、ピッチャーのヘッドスライディングは禁止にしている。しかも、桃枝は普段からヘッドスライディングをするようなタイプではなかった。にも関わらず、エースの渾身のヘッドスライディングに、ベンチもスタンドも沸き返った。私は盛り上がるスタンドを見て「最弱だったけど、応援されるチームになったんだな」とうれしくなった。

ノーアウト・ランナー一二塁で5番の國方に打順が回ってきた。試合の終盤で同点。采配としては、送りバントも大いにあり得る局面だった。しかし、私は試合前に國方に伝えていた通り「ヒッティング」を選んだ。彼は私の期待に応え、見事にセンター前へタイムリーヒットを放って逆転。ノーアウト・ランナー一三塁となったところで、私は平川監督から教わった「セーフティースクイズ」のサインを1球目に出し、これが成功して6－4と点差を2点に広げた。その後、エースの桃枝は駒大苫小牧の攻撃をしっかり抑えて、私たちは2年連続の決勝戦進出を果たした。

決勝戦の相手は公立の雄・国際情報だった。何かの間違いで最弱チームが決勝まで来てしまったが、ここまで来たら勝つしかない。初回に3点を取り「もしかしたら楽に勝てるかな」と思ったのも束の間、終盤に追い付かれて試合は延長戦に突入した。

両者一歩も譲らない展開が続き、延長14回を迎えた。先攻だったうちは、表の攻撃で2アウト・ランナー二塁からキャプテンの伊藤がセカンドゴロを打った。うちの決め事として「2アウトのとき、セカンドランナーは内野ゴロだったらホームまで全力疾走」というものがある。内野がエラーしたときに、セカンドランナーが全力疾走していなければホームに生還することはできない。だから普段の練習試合から、これはチームの決め事として徹底しているのだ。そして、それが実際にこのときに起きた。4－3と1点を勝ち越し、私たちはそのまま裏を守り切って2連覇を達成した。私にとっては、本当にまさかの優勝、まさかの2連覇だった。

新チームになったばかりの頃、伊藤は室内練習場でよく泣いていた。「靴を揃えろ」と言っても誰も揃えてくれない。「必死にやろう」と言っても、誰も本気になってくれない。彼はそう言っていつも落ち込んでいた。そんな感じだったチームが、1年弱で南北海道を制するまでに成長してくれたのである。

カバーリング、バックアップなど、一見無駄だと思われることも終始徹底した。そういった細かいことの積み重ねが、最後は実を結ぶのだと私は選手たちから教わった。高校野球の試合では、目に見えない力が働くことがよくある。その目には見えない力を作用させるには、無駄に思えるようなことを日々実直に徹底して行い、それを積み重ねていくことが大切なのだと思う。

最弱の新チームが、いかにして2年連続の甲子園出場を成し遂げたのか　その4

甲子園初勝利はならなかったが、最弱世代が有終の美

私たちは2019年の夏の南北海道大会を制して、2年連続の甲子園出場を成し遂げた。

夏の大会前に、ベンチ入りする登録メンバーの選出は序章でお話ししたように、選手間投票で選んだ。その結果、14人の3年生全員がベンチ入りすることになった（うちスコアラー1名）。2年生たちの総意も「3年生全員ベンチ入り」だった。南北海道大会で優勝できたのは、そういった選手たちの一体感による「チーム力の勝利」といっていいと思う。

2年連続の甲子園ということもあって、私も選手たちも前年よりはだいぶ落ち着いて試合に臨むことができた。

私自身、監督として2度目の甲子園だったので、ベンチにいるときの立ち位置も変えた。前回は一塁側ベンチのもっともバッターに近いところにいたが、そこにいるとピッチャーの

投げるボールが見づらかった。南北海道大会（円山球場）の場合、私はそこにいることが多いのでそうしたのだが、甲子園だと眺めがまったく違う。前回の反省を生かして、2度目の2019年は立ち位置をベンチの真ん中にした。この位置だと、ピッチャーのボールもよく見えて、グラウンド全体を見渡すこともできた。

「甲子園のベンチの真ん中」といえば、智辯和歌山の名誉監督である髙嶋仁監督の仁王立ちが有名である。私のような新米が伝説の監督の真似をするなど恐れ多い。だからベンチでは、必要なときだけ立ち上がって指示を出すようにした。

私は、ベンチ内で監督と選手が離れて座っているのが嫌いである。監督のまわりに誰もいない状況はまとまりがないように見えて、意思疎通がしっかり図れていないように感じる。だから、選手たちには「試合中、ベンチでは極力俺の近くにいろ」「嫌でもいろ」といつも言っている。選手たちが私の近くにいてくれれば指示もすぐ伝わるし、采配の意味や意図もその都度選手たちに説明してあげることができる。私の野球の知識などたかが知れているが、それでも私がいままでの野球人生で理解してきたことを選手たちに伝えていくことは、決して無駄ではないと思っている。

岐阜県代表の中京学院大中京（現中京）との1回戦。この代のチームは、南北海道大会のときからバントを徹底していた。ランナーが一塁に出たらほとんどバント。とにかく、スコアリングポジションにランナーを送る。これが、このチームの絶対的セオリーだった。

甲子園でもそのセオリーを徹底して、私たちは6回表に1点を先制した。しかし、7回裏に桃枝が相手打線につかまり、4点を取られて逆転されてしまった。

8回表、先頭バッターが塁に出たので、私は迷わず送りバントを指示した。この采配は「終盤、1－4の3点ビハインドでバントをするのか」とSNSなどでは叩かれていたようだが、私はいままでチームとしてやってきたことを徹底した。その後、桃枝がセンターオーバーのヒットを放って1点を返し、9回にも1点を入れて追い上げたが、残念ながら試合には3－4で敗れた。

2年連続の初戦敗退となってしまったものの、私も選手たちも「自分たちのやるべきことはやりきった」という満足感があった。史上最弱からスタートしたチームだったが、14人の3年生たちの奮闘もあり、北照の目指す野球を見事に体現してくれた。

中京学院大中京はその後、優勝候補の東海大相模などを破ってベスト4まで勝ち上がった。

ちなみに、この大会の抽選会のとき、春の遠征試合で「桃枝君は甲子園に行くようなピッチャーになる」と予言された門馬監督と話す機会があった。門馬監督は開口一番「来ちゃったねー」と声をかけてくれたので、私も「来ちゃいました！」と答え、再会を喜んだ。
現在のところ、この中京学院大中京戦が私の監督歴の中で、甲子園で一番勝利に近づいた試合だ。そう遠くない将来、何としても選手たちとともに甲子園で初勝利をつかみたい。それがいまの最大の目標である。

北照出身のプロ野球選手

本校出身のプロ野球選手は、現在までに12人いる。最初にプロ入りした大脇浩二は、私と同期である（1997年ドラフト3位）。続いてプロ入りした米野智人は、私の2学年下だった（1999年ドラフト3位）。一緒にプレーしたのはそのふたりであるが、加登脇卓真（2005年高校生ドラフト3位）以降の選手とは、部長として、また学校では担任としても指導させていただいた。プロ入りした年代順に、その12人をご紹介したい。

大脇浩二　（元・東京ヤクルトスワローズ）　内野手

米野智人　（元・東京ヤクルトスワローズ）　捕手
上村和裕　（元・オリックス・バファローズ）　捕手
加登脇卓真（元・読売ジャイアンツ）　投手
植村祐介　（元・北海道日本ハムファイターズ）投手
谷内田敦士（元・読売ジャイアンツ）　捕手
又野知弥　（元・東京ヤクルトスワローズ）　外野手
西田昭央　（元・東京ヤクルトスワローズ）　捕手
西森将司　（元・横浜ＤｅＮＡベイスターズ）　捕手
吉田雄人　（元・オリックス・バファローズ）　外野手
齋藤綱記　（中日ドラゴンズ）　投手
村上海斗　（元・読売ジャイアンツ）　外野手

上村は私の卒業と同時に入学してきた代である。第４章で詳しくお話しするが、上村はうちのコーチとして現在指導をしてくれている。又野、西田、吉田、齋藤、村上は学校で私が担任を務めていた。

先述したように、米野は私の現役3年生のときの1年生で、ポジションが同じキャッチャーだった。入学してきたばかりの彼とキャッチボールをしたとき、私は「米野が1年生でよかった」と思った。彼が1学年下だったら、たぶん私はレギュラーを奪われていたと思う。キャッチボールをしただけで、私とは格が違うことを即座に理解した。彼の肩の強さは尋常ではなく、投げるボールの質が私とはまったく違っていた。「米野は絶対にプロに行く」と思っていたが、実際その通りになった。

序章で少し触れたように、又野と西田はバッテリーを組み、私が初めて担任を持ったときの生徒でもある。2010年夏、私はこのふたりに甲子園に連れて行ってもらった。現役時代に甲子園に行ったことのない私にとって、このときが初めての甲子園だった。それだけに、このふたりは教え子の中でもとくに強く印象に残っている。

西田は甲子園に行った際「木製バットを使いたい」と言い出した。彼は普段から木製バットで練習していたのだが、金属より木製のほうが打ちやすいので、甲子園でもそのまま木製で打ちたいというのだ。しかし、甲子園は全国レベルの投手が集まる場所である。ちょっとでも差し込まれる可能性を考えたら、金属のほうがヒットになる確率は高い。だから、私は「1打席目だけ金属で打ってくれ」と西田に頼んだ。1打席目でヒットが出たら金属で、もし打てなかったら2打席目からは木製で行っていいと言って、彼を納得させた。その結果、西田は1打席目でライトオーバーの2ベースヒットを放ったので、甲子園で木製バットを使うことはなかった。

この代は、甲子園でベスト8まで行った。又野も西田も、またほかの選手たちも、普段から本当によく練習していた。西田はドラフトで指名を受けてプロ入りが決まった後も、グラウンドや室内練習場で現役選手以上に練習していたのをよく覚えている。

米野は一緒にプレーしたこともあり「こいつはプロに行く」と直感したが、そのほかの選手たちに限っていえば、入学当初からプロに行くような素材ではなかった。12人の中で入学当初から「プロに行くな」と思ったのは米野のほかには加登脇くらいだ。ほかの選手たちもみんな「プロに行きたい」とは言っていたが、そこまでの実力はなかったように思う。だが、共通しているのは、みんな「努力家」だったということだ。彼らはほかのどの選手よりも練習し、努力を重ねてプロに選ばれるまでの力を身につけた。

吉田も、入学当初は足が速いというだけの選手だった。そこから必死に努力をして、走攻守三拍子揃った選手となり、U18にも選ばれるような逸材に成長した。

2024年9月現在、プロで現役としてがんばっているのは西田と齋藤のふたりである。

このふたりは、高校時代から本当によく練習をしていた。ふたりとも母校を気にかけてくれていて、齋藤はシーズンオフになるといつもうちの室内練習場に来てくれるし、西田はいろんな差し入れを選手たちにしてくれている。

齋藤は、2年時の2013年に春夏連続で甲子園に出場。オリックス・バファローズに入団後、北海道日本ハムファイターズに移籍して、2023年からは中日ドラゴンズで中継ぎとして活躍中だ。近年、高卒のプロ野球選手が活躍するのは難しいといわれているので、彼には何とかがんばって現役を続けてほしいと思っている。

そのように考えると、本校卒業後に東京ヤクルトスワローズで、捕手として14年間ずっとプレーしている西田はすごい。北照からプロ入りした選手はキャッチャーが多く「北照は名捕手を生み出す」とたまに言われたりすることもあるが、その理由は私にもよくわからない。私は普通だと思っているキャッチングや配球、さらに相手の戦術を読む指導などが、もしかしたら他校に比べれば細かいというのはあるかもしれない。

西田と齋藤には、うちの選手たちのためにもできるだけ長く現役を続けてほしい。遠く北の大地からそれだけを願い、みんなで応援している。

左のエース・高橋幸佑が中日ドラゴンズに入団

前項でご紹介した12人のOBに加え、2024年10月24日のドラフト会議で、本校の左のエースである高橋幸佑が中日ドラゴンズから5位指名を受け、プロ入りすることが決まった。彼はずっとプロ志望一択でがんばってきたので、指名を受けた瞬間は私もとてもうれしく「決まってよかった」と安堵した。

2024年の夏、私たちは残念ながら南北海道大会の準決勝で札幌日大に敗れ、甲子園出場はならなかった（詳しくは2025年の展望とともに終章でお話しする）。高橋は7回1失点としっかり投げ切ってくれたが、相手の小熊梓龍投手の投球もすばらしく、0－1の完封負けだった。

高橋は2年生の秋に143キロを出し、2024年春のU18侍ジャパンの強化選手として合宿にも参加した。

そんな高橋も、実は入部当初は球速が120キロにも届かず、いたって普通のピッチャーだった。しかし、ピッチングフォームは無駄がなくしなやかで、球質も良く、直すところがどこもなかった。筋力をつけて体重を増やせば、球速は確実に上がるはずだと私は直感した。だから、彼には「たくさん食べて、ウェイトトレーニングも誰よりも努力しなさい。そうすれば球速は絶対に上がるから」と1年生のときからずっと言い続けた。

高橋は誰よりも練習に励むと同時に、学食での夜食の後、寮の近くにある弁当店で補食として弁当を買って食べていた（彼のお気に入りは唐揚げ弁当のご飯大盛）。努力の甲斐あって、3年生になると体重は80キロになり、夏の大会では最速148キロを記録した。

高橋たちにとって、最後の夏となった2024年。北照は甲子園に行くことはできなかったが、彼の野球人生はこれからが本番である。高橋の持つポテンシャルからすれば、球威はまだまだ伸びるだろう。夢だったプロ野球選手となり、彼は新たなスタート地点に立った。ここからが、高橋にとっての本当の勝負だといえよう。

プロ入りしたことだけで満足するのではなく、10年、20年と活躍する息の長いピッチャーになってほしい。本人は「世界中の人を楽しませる投手になりたい」と言っている。私も、高橋がプロの世界でそんな投手になってくれることを願っているし、彼ならきっと成し遂げてくれると信じている。

第2章

大阪の野球少年が北海道にやってきて指導者の道へ

小学生のときからずっとキャッチャー

私は大阪府高槻市の出身で、中学まで高槻で過ごした。家族は、両親と1歳下の弟がひとりの4人家族である。

野球との出会いは、小学校2年生のときだった。本当はサッカーをやろうと思っていたのだが、仲のいい友だちに「サッカークラブに行く前に野球チームに行ってみようよ」と言われて、地元の「竹の内ファイターズ」という学童野球チームを覗いてみた。小学生時代の私はほかの同学年の子よりも体格がよく、ファイターズに行くと「キャッチャーをやってみろ」と言われて、そこから私はサッカーではなく野球をするようになった。

私の父は野球が好きだったので、私にも野球をやらせたいと思っていたはずだ。父はコテコテの阪神タイガースファンで、我が家のテレビではいつも阪神戦が流れていた。そんな環境で育ったため、私も気がつけば阪神ファンになっていた。

父はテレビで野球を見ている最中、野球の戦術やバッテリーの配球などに関して私にいつも解説してくれた。普通の子どもであれば「お父さん、うるさいなー」と思うのかもしれないが、私は父の解説を聞いているのがとても楽しかった。ファイターズで野球を始めるようになってからは「野村（克也）監督の解説はとても参考になるから、キャッチャーなら聞いておけ」とよく言われたことを覚えている。

ファイターズで野球をやるようになり、小学生だった私は高校野球にものめり込んだ。春と夏に甲子園が始まると、毎日のように朝から甲子園の外野スタンドに乗り込んで、観戦していた。もちろん当時の私は、自分がこの場所に指導者として戻ってくることになるなんて想像すらしなかったが……。

当時のファイターズは、高学年チームと低学年チーム（4年生以下）に分かれていて、3年生までは低学年チームのレギュラーとしてプレーした（1学年につき10～15人程度は在籍していたように思う）。4年生になると、体の大きかった私は5・6年生たちに交じって高学年チームの試合にも出させてもらっていた。

5年生になると、私はキャッチャーのレギュラーとなった。ファイターズは府大会に出場するほどの強さを持ったチームではなかったが、私はこのチームに入って野球の楽しさを知った。この頃に育まれた「野球が好き」という気持ちが、こうしていまでも野球を続けている原動力になっている。

小学生時代、ポジションは主にキャッチャーだったが、肩が強かったのでピッチャーをやったこともある。しかし、残念ながら私はコントロールが悪かった。球は速くてもストライクがまったく入らない。私がマウンドに上がると、まわりの野手たちが「弘樹が投げるとフォアボールばっかりだから」とみんな座り込んでしまうくらいのノーコンぶりを発揮していたのだった。

普通の小学生であれば、みんなピッチャーになりたいものなのかもしれない。でも、私はピッチャーよりもキャッチャーが大好きで、暇さえあれば配球のことなどを考えていた。野球の本を読むのも好きで、初めて買った本は小学校2年生のときのノーラン・ライアンの『ピッチャーズ・バイブル』とドン・ブレイザーの『シンキング・ベースボール』である。『シンキング・ベースボール』はとくに感銘を受けたのだが、残念ながらいま手元にはなく、本自体も絶版になってしまっているようだ。

私がこの2冊の本を買って読んでいるのを見て、父は「こんな難しい本を読んでいるのか。すごいな」と褒めてくれた。私は父に褒められたことがとてもうれしく、そこからさらに読書好きになっていったように思う（読むのは野球に関する本ばかりだったが）。私は好きになったものはとことん深くまで考え、突き詰めていくタイプだ。そんな性分だったおかげで、野球の奥深さを小学生のときに知ることができた。

ちなみに、ファイターズでは6年生のときに副キャプテンとなった。そしてその後も「キャプテンをやりたい」と思っていたのだが、何の因果か中学時代も副キャプテン、北照の現役時代も副キャプテン、大学時代も副キャプテンだった。

高槻シニアで楽しくプレー

実家の周囲には、シニアやボーイズの強豪チームがいくつかあった。でも、私はそういった強豪チームではなく、野球好きの子どもたちが集まっていた高槻シニアを選んだ。

中学校の入学前に、高槻シニアの練習を見学に行くと横山雅人監督から「体格がいいな。キャッチャーをやっているのか。じゃあ君はうちに入りなさい！」と強く勧誘された。監督さん直々のお誘いとチームの雰囲気も良かったので、私は高槻シニアにお世話になることに決めた。

横山監督は、現役時代にキャッチャーをしていた。振り返ってみると、ファイターズ時代もキャッチャーに詳しいコーチがいたし、そもそも幼い頃からバッテリーの配球などに関しては、父から英才教育を受けていた。私は、キャッチャーに詳しい大人に囲まれて育ったといえるだろう。いま、何かとお世話になっている三重・海星の葛原美峰先生もキャッチャー出身である（余談だが、葛原先生が東邦で現役だった頃、1歳上の先輩に元・読売ジャイアンツの山倉和博さんがいたそうだ）。

横山監督は、私に「ピッチャーの特徴を理解してリードする」ことの大切さを教えてくれた。ピッチャーの投球フォームは、どうあるべきなのか。フォームを見て、どこを改善したらいいのか。どのようにピッチャーにアドバイスを送ればいいのか。そういったピッチャーのモーションのポイント、コミュニケーションの取り方とその重要性などを、中学時代はとくに学んだように思う。

高槻シニアでレギュラーになったのは中学2年の秋、新チームになってからだった。高槻シニアは全国大会に出場するような強豪チームではなかったが、そのぶん、私は自由に野球をやらせてもらえた。

小・中・高校生を問わず、強豪チームに入って厳しい練習、指導をされて野球を嫌いになってしまう選手は多い。とくに〝昭和〟から〝平成初期〟という時代はその傾向が強かった。だが、幸い私は小学生時代も、中学生時代も楽しく野球をやらせてもらえた。しんどい練習もたまにはあったが、それも楽しくやっていた。この頃に楽しく野球ができたからこそ、私はいまもこうして野球界に携わっていられるのだと思う。小・中学生時代に私に野球を教えてくれた監督、コーチの方々には、本当に感謝している。

高槻シニアでは真面目に野球に取り組む一方で、学校のほうでは私は真面目な中学生とはいえなかった。だから、横山監督からは私生活の部分でも大いに指導された。夜遊びしている最中に街を巡回している横山監督に見つかり、家に連れ戻されたのは一度や二度ではない。あの頃、横山監督が正しい道を教えてくれていなければ、いまの私はなかったかもしれない。

1歳下の弟も、高槻シニアでキャッチャーとしてプレーしていた。当時は学年ごとにチーム編成されていたので弟と一緒にプレーすることはなかったが、混成だったらたぶん弟にキャッチャーのレギュラーを取られていたように思う。そんな弟は中学卒業後、金光大阪に進学した。

私が中学2年のとき、チームで1学年上だった四宮先輩が北照に進学した。関西のシニアチームが北海道の大会に招かれて、そこで北照の河上監督との縁ができて進学することになったようだ。

中学3年になって進学のことを考えたときに、私が真っ先に思い浮かべたのは「甲子園に行ける学校」だった。また、やんちゃだった私は「親元を離れたい（寮生活をしたい）」と強く思っていた。諸々の条件を加味して、私の希望にもっとも合っていたのが北照である。北照のことは「北海道にある学校」「ちょっと前に甲子園に出た学校（受験する4年前の1991年夏に北照は甲子園初出場を果たしていた）」くらいの認識しかなかったものの、高槻シニアの先輩が進学しているということもあって、勢いというか流れで受験することが決まった。

小樽には雪がまだ残る2月、私は受験で初めて北照を訪れた。恥ずかしながら、そこで初めて北照が男子校だということを知った。学校は雪深い山の中にあり、私は「これはとんでもないところに来ようとしている」と思った。でも、ここまで来たら引くに引けない。甲子園には行きたいし、親元も離れたい。合格した私は、晴れて北照に入学することになったのだった。

北照入部当初、北海道弁がわからず苦労

私が北照に入学した１９９５年当時、道内の高校野球部に道外から選手が来るということはあまりなかった。当時から強豪と呼ばれていた北海や駒大岩見沢、東海大四（当時）にしても、道内の選手のほうが圧倒的に多かった。高槻シニアの１歳上の先輩が北照に進学したのは先ほどもお話ししたが、その四宮先輩や私の世代が、道外から野球留学してくる選手たちの走りといってもいいかもしれない。私が入学して以降、道内の高校も道外から選手を積極的に招くようになっていった。

１９９１年夏に北照は甲子園に初出場を果たし、私はその４年後に本校に入学した。ちょうど北照が野球に力を入れ始めた時期である。各学年に20数名の選手がおり、全体で60名以上が野球部に在籍していた。

当然といえば当然だが、北照の練習量は多く、上下関係も厳しかった。入部当初は先輩たちの話す北海道弁が理解できなくてとても苦労した。また、関西弁は敬語だと思ってこちら

が使っても、ほかの地域の方々にとっては敬語に聞こえないことが多々あり（これは関西人の方にはわかっていただけると思う）、先輩に何度も怒られた。でも、私は練習や上下関係がどんなに厳しくても「高校野球とはそういうもの」だと理解していたので、野球部を辞めようと思ったり、野球が嫌いになったりすることは一度もなかった。私は高校生ながら「小樽には小樽のルールがある」「郷に入っては郷に従え」と腹をくくっていた。だから慣れない生活は確かにしんどかったが、まったく苦ではなかった。

河上監督の野球は、守りが主体の「守り勝つ野球」である。オーソドックスな、昔ながらの高校野球といってもいいかもしれない。堅実で泥臭い野球が、北照の伝統だった。公式戦のある日でも、私たちはグラウンドで猛練習をして、泥だらけのままで試合に臨んだ。当時の北照を知っている人は、きっと「北照の選手たちはいつも泥だらけだな」と思っていたことだろう。

また、河上監督はとても勉強熱心な方で、私たちの練習にも当時の最先端のトレーニングを取り入れていた。いまから30年前の当時から「股関節、肩甲骨、胸郭回りの動きをよくすることが大切だ。このトレーニングがこれからのスタンダードになる」と話をされていた。柔軟性、アジリティ（敏捷性）の重要性は、現役時代に河上監督から学んだ。「練習中は水を飲むな」というのが当たり前の時代だったが、うちはスポーツ飲料がちゃんと用意されていて、いつでも飲んでいいことになっていた。

河上監督から教わった「新たなものを取り入れる姿勢」は、私もいま北照の指導者として実践している。野球の戦術や采配はもちろん、最新のトレーニング法、理論なども常にアップデートするよう努めている。

振り返れば、私は昭和から平成、令和といろんな野球を勉強させてもらってきた。この経験を自分の野球にも生かしていきたい。新たなことを貪欲に取り入れていくことも大切だが、それと同じくらい「いいもの」は時代を超えて受け継いでいかなければならないとも感じている。「温故知新（故きを温ねて新しきを知る）」という言葉の示す姿勢を、これからも保っていきたいと思う。

イップスを自力で克服した高校時代

入学してすぐ、私は春の大会で初めてベンチ入りを果たした。しかし、上級生たちと一緒にプレーすることに、若さゆえの緊張感が常につきまとっていた。

バッティング練習のとき、キャッチャーの私はL字型の防御ネットに当てないようにピッチャーに返球をしなければならなかった。「ネットに当ててはいけない」と恐怖心に苛まれ、私は知らず知らずのうちにダーツ投げのような投げ方になっていた。すると、思いっきり投げるときはいいのだが、加減して投げるときに狙った場所にまったく投げられなくなってしまった。

いまでこそ「イップス」は、野球界でも精神的な障害として知られるようになった。しかし、当時は「イップス」という言葉は浸透しておらず、私は自分の症状が技術的な問題なのか、精神的な弱さから来るものなのか、まったくわからなかった。ただ、ボールを思い通りに投げられないという現実がそこにはあった。

それでも、上級生たちの存在が私を支えてくれた。厳しさの中にも、下級生を大切にするという風習が当時の北照にはあったのだ。「お前の力も必要だ」と声をかけてもらったときの温かさ、その言葉に何度も救われた。試合中にも、私が失敗したとき先輩たちは優しい声をかけてくれた。1年生でありながら試合に出場することができたのは、先輩たちの寛容な心と、北照に脈々と受け継がれる先輩後輩の絆があったからだと思う。

しかし、私自身がイップスに苦しんだ当時、誰もその対処法を教えてくれなかった。試合中にボールが手から離れず、返球が妙な軌道を描くたびに「上林、何をしてんの?」とまわりに思われた。セカンドへの送球だけは正確に投げられるのだが、近い距離だと逆にコントロールが効かないという症状が続いた。

当時はパソコンなども普及していなかったので、書店や図書館に行っていろんな本を読んだが、どの本にも正しい投げ方が書いてあるだけで「イップス」という単語もなければ、その対処法も書かれてはいなかった。

「自分で考えてやるしかない」

私は全体練習が終わった後に、室内練習場のネットに向かって毎日2時間、ボールを投げ続けた。それだけが、そのときの私にできる唯一の対策だったのだ。「肩が壊れるのが先か、イップスを克服するのが先か」と覚悟を決めて、私は毎日自主練を続けた。

1年以上地道な練習を続けて、高校2年の終わり頃にはようやくピッチャーへの返球が正常にできるようになった(幸いにも肩は壊れなかった)。イップスが克服されて、精神的に余裕が生まれたのだろう。それからの私は、キャッチャーとして自分の思い描くプレーができるようになった。

イップスに悩み苦しんだあの頃の苦労が、いまの自分を作り上げたと思っている。教え子の中にもイップスに悩む者はいるが、私は彼らに強いプレッシャーをかけず、そっと見守るようにしている。精神的な部分が大きく関わっているからこそ、周囲にも理解を求め、彼らが自由に練習できる環境を整えてあげることがもっとも大切なのだ。

イップスの選手には、私はその選手に合った技術的な対処法を教えてあげて、なるべくほかの人たちに見られることのない場所で、ネットなどに向かって投げる練習をしてもらうようにしている。結局のところ、私自身がそうであったように、イップスは自分の力で乗り越えていくしかない。

河上監督は、学年のバランスを巧みに操り、チームをまとめていた。その指導方針は、いまの私のチームにも引き継がれている。下級生がベンチ入りした際には「上級生がしっかりと面倒を見てやってな」と必ず声をかける。1年生は、練習や試合をこなす中でチームの流れを学び、2年生になるとようやく本格的に動き始め、3年生ではチームを引っ張る。そのような循環が、いま北照の伝統として根づきつつある。

現役時代は甲子園出場ならず

甲子園に辿り着くための最大の敵は〝油断〟

1年生の夏、私はベンチ外の選手だったが、チームは南北海道大会の決勝まで駒を進めた。だが、決勝戦で北海道工業に3－4で敗北を喫した。2度目の甲子園出場まであと一歩のところで私たちの夢は断たれた。

1年生の秋には北海道大会の決勝で駒大岩見沢と対戦して、夏と同じく3－4のスコアで敗れた。この試合で私は、キャッチャーとして出場していた。決勝点は記録上、ワイルドピッチとされているが、実際は私のパスボールである。私のエラーだったのに、先輩たちが私を責めるようなことは一切なかった。

2年生になり、レギュラーに定着してからの私は、6番や7番の打順を任された。当時の私は、足がそれほど速いわけではなく、身長も170センチ程度でバッターとして秀でたものを持っているわけではなかった。身長に関していえば、小学校卒業時に私はすでに168センチあった。そのため、まわりからは「清原（和博）みたいになれよ」と期待されていたし、自分でも「180センチはいくだろう」と信じていたのだが、残念ながら身長は中学でピタリと止まってしまった。

2年生の秋、チームは全道大会でベスト4まで進むも、北海に敗北を喫した。その悔しさを胸に、ひと冬激しいトレーニングを積んだ私たちは、3年生となった春の全道大会でついに頂点に上り詰めた。これは我が校にとって、初の春の全道大会優勝だった。

「夏も優勝だ！」と臨んだ夏の大会。チーム状態も良かったが、準決勝で札幌南に5回コールドで敗れ、私たちの高校野球は終わった。

札幌南戦の前、準々決勝の相手は私たちが最大のライバルと見なしていた東海大四だった。私たちは東海大四を破った時点で「よし、これで甲子園に行ける」と信じて疑わなかった。準決勝の相手である札幌南は進学校であり、練習試合でも圧勝していた。また、決勝に勝ち上がってくるだろうと予想していた函館有斗にも、私たちは負けたことがなかった。それゆえに、私たちの中に慢心が生まれて、それが油断となっていたのだろう。結果、私たちは札幌南に敗れて、函館有斗が2季連続の甲子園出場を決めた。ちなみにその年の夏が、函館有斗にとって現時点で最後の甲子園出場となっている。

私の現役時代は、甲子園に近づきながらも、その手前で何度も夢を砕かれた。1年生の夏には、ベンチ外ながらも「甲子園に行ける」と浮かれていたのをいまでもよく覚えている。北海道工業との決勝前、私は大阪にいる父に「甲子園行くで」と自信満々で電話していた。しかし、結果は準優勝。振り返れば、この油断こそが、甲子園に届かなかった最大の原因だと思う。「勝った」と思った瞬間、人の心には隙が生まれる。そして、それがチーム全体の隙となったときに、試合の流れが変わってしまうのだ。どんな状況でも、最後の最後まで何が起こるかわからない。だからいま、私は選手たちに「最後まで何があるかわからないから、絶対に油断するな」と繰り返し伝えている。

うちのチームでは、初回の最初のアウト（1個目）、6回の最初のアウト（16個目）、8回の最初のアウト（22個目）、9回の最初のアウト（25個目）、そして最後の27個目のアウトの瞬間に、全員で声をかけ合うことを決めている。試合の途中、とくに終盤になると気が緩んでしまうことがある。油断による敗戦を防ぐためには、最後まで集中し続けることが大切なのだ。

1998年、北海道東海大学に進学

コーチをしながら教員免許を取得

私が高校を卒業した1998年、北照はセンバツ出場を果たした。ともに汗を流したひとつ下の代が、ついにその悲願を達成したのだ。1991年の夏以来、7年ぶりとなる甲子園への切符だった。

私が北照に入学した頃から、学校は野球部の強化に力を入れ始めていた。全道大会でも安定して上位進出を果たすようになり、それにつれて年々優れた選手たちが集まってくるようになっていた。とくに私たちのひとつ下の代には才能あふれる選手が揃っており、実際、私たちの代でも2年生のピッチャーが主力として活躍していた。

甲子園出場が決まったときは、私も本当にうれしかった。もちろん、甲子園に応援にも行きたかったのだが大学の都合で行けず、その代わりにセンバツ直前に行われた和歌山での合宿に、河上監督のお手伝いとして参加した。合宿の場には箕島で春3回、夏1回の全国制覇を成し遂げた名将・尾藤公元監督もいらっしゃっていて、尾藤さんは私に「将来は指導者になりなさい」と言った。尾藤さんがどんな意図で私に「指導者になれ」とおっしゃったのか、その理由はわからなかったが、そのときから私は漠然と「高校野球の指導者になるのもいいな」と思うようになった。

北海道東海大の旭川キャンパスに進学した私は、硬式野球を続けた。しかし、いま思えば大学入学直後の私は燃え尽き症候群になっていたのかもしれない。野球に対する情熱を失い、遊びに夢中で「野球を辞めてもいい」とさえ思っていた。

1年生の秋、チームが北海道六大学リーグ戦で優勝して祝勝会が開かれた。そこに河上監督も来てくれたのだが、ベンチ入りも果たせていない私に対して「お前、遊ぶために大学に来たのか?」と厳しい口調で諭された。このとき、河上監督からかけていただいた言葉によって、大学生になってちょっと浮かれていた私は目が覚めた。そこからは本気で野球に取り組むようになり、2年生からベンチ入りして、3年生になると外野手としてレギュラーを勝ち取った。

大学2年生以降、私の中にあった「指導者になりたい」という思いが強くなっていった。でも、旭川キャンパスには教職課程がなかったため、教員免許を取ることができなかった。

4年生になり、大学の監督に将来のことを聞かれた際、私は「高校の先生になって、野球を指導したいんです」と答えた。すると、監督から「札幌キャンパスなら教職課程がある」と教えられた。それ以来週3回、旭川からバスで2時間かけて札幌に通い、単位を取れるだけ取るために科目を履修した。大学4年生のときには、目標だった全日本大学野球選手権大会に出場して、私たちは全国ベスト8という好成績を収めた（私はレフトのレギュラーとして出場した）。

河上監督は当時、ひとりで野球部の面倒を見ていた。部長はいたものの、野球経験者ではなく、コーチもいなかった。寮の管理も、バスの運転も、すべて監督ひとりで行っていた。当時の監督は40台前半と若かったが、実質ひとりだけのチーム運営で本当にご苦労をされたと思う。だからその手助けになれば、という恩返しの思いで私は大学卒業後、母校でコーチとして河上監督のお手伝いをすることにした。

大学卒業後は札幌に引っ越して、23歳から24歳までの2年間、公民の教員免許を取得するために再び札幌キャンパスに通った。しかし、公民の教員免許を取得後、北照の校長に「いま社会科の先生はいるから、情報の免許を取ってほしい」と言われて、さらに1年かけて情報の免許も取得した。その結果、めでたく26歳のとき（2005年）に母校で教員として採用されることになった。

教員免許を取得するための3年間、午前中は大学、午後は北照の練習、そして夜は札幌で風呂掃除のアルバイトをしていた。忙しい日々だったが、それでもコーチとして野球部に携わり続けた。そのハードな生活の中で、私は「いつか監督になって甲子園に行きたい」という思いを強く抱くようになっていった。

2005年から部長に就任

王者・駒大苫小牧とマー君の思い出

2005年に正式に学校に教員として採用されて、私は野球部の部長となった。その前に3年間コーチをしていたので、チームにはすんなり溶け込むことができた。

私が大学3年生のとき（2000年）、北照はセンバツに出場したが、それ以降甲子園からは遠ざかっていた。でも、私が現役だった頃より北照は道内でも認められる存在に成長していた。私の頃は「新興勢力」に過ぎない立ち位置だったが、誰もが認める「強豪校」に変わっていたのだ。

私が部長になったのは、なかなか結果がともなわない苦しい時期だった。しかし、プロに行ったピッチャーの加登脇卓真の活躍もあって、私たちは2005年の春の大会で優勝。「このチームなら甲子園に行ける」と手応えを感じていたものの、夏の南北海道大会の決勝で、前年全国制覇を成し遂げていた駒大苫小牧に4－5で敗れた。そして、甲子園に出場した駒大苫小牧は、みなさんご存じのように2連覇の偉業を達成することになる（このとき、田中将大投手は2年生だった）。

マー君で思い出すのは、彼が高校1年生のときに練習試合でうちのグラウンドに来たことだ。香田監督が「こいつ、投げても速いんだよ」と紹介してくれたのが、キャッチャーをしていたマー君だった。初の全国制覇を成し遂げた後だったので、うちのグラウンドにはものすごい数の観客が観戦に訪れていた。駒大苫小牧のバスが故障してしまい、到着が1時間半ほど遅れた。すると、客席から「いつ始まるんだ！」とヤジが飛び始めた。後にも先にも、あれほどの観客がうちのグラウンドに訪れたのはあの1回きりである。

マー君が3年生のとき、私たちは準決勝で駒大苫小牧に敗れた。うちにも植村祐介というエースがいたが、0－3の完封負けを喫した。あのときのマー君はストレートが150キロを超え、135キロのスライダーのキレも抜群で、バッターはみんな口々に「ボールが消える」と言っていた。

序章でお話ししたが、駒大苫小牧は細かい野球を抜かりなく、徹底して行っていた。緻密な野球を実現するために、香田監督が中心となってしっかりした組織作りがなされていた。当時まだ若かった私は「チーム力はそれほど差がないのに、なんで勝てないんだ？」と思っていた。私には、香田監督が綿密に作り上げた組織力の中身が見えていなかったのだ。

あの頃の駒大苫小牧は、ピックオフプレーや牽制も巧みだった。中継のフォーメーションも独特なものがあり、いろんな意味で全国レベル、全国一の野球をしていた。いまでは、それが香田野球のすごさなのだと理解している。

甲子園には甲子園用の戦い方がある

2005年に部長に就任したのち、私は結婚して一男二女（現在、長男は高校1年生、長女は中学1年生、次女は小学校4年生）をもうけた。長男はいま、小樽潮陵の野球部員である。長男が学童野球チームでプレーしていた小学生の頃から、私は彼に野球を教えたことはない。アドバイスもほとんどした覚えはなく、北照の活動があるので彼の試合を見に行ったのも数えるくらいだ。私がもし長男を指導したとしたら、熱くなってしまってきっと反発を受けただろう。いまくらいの距離感が、私にとっても、長男にとってもよかったのだと思っている。

私は結婚した当初から、子育てを含めて家のことは妻に任せっきりで、教師と野球部の指導に専念してきた。子どもたちがすくすくと成長してくれているのは、ひとえに妻のおかげである。妻にはどれだけ感謝してもしきれない。

2005年に部長になって以降、本校は7回甲子園に出場している。2010年、2013年ともに春夏連続で甲子園に出ているのだが、ともに春のセンバツではベスト8まで行ったのに、夏は1回戦負けを喫している。よく覚えているのは、2013年夏の1回戦敗退(常総学院に0－6で敗戦)である。

このときの代は、エース・大串和弥とキャッチャー・小畑尋規(トヨタ自動車)を軸に、強打者の吉田雄人(元・オリックス・バファローズ)もいてタレント揃いだった。センバツでベスト8まで行っていたこともあり、夏の1回戦の相手である常総学院とも十分に戦えると思っていた。

大会が始まる前の甲子園練習では、うちの後に常総学院がやっていたので、どんな練習をするのかずっと見ていた。常総学院は守備練習に多くの時間を割き、中でもフライを多く打っていた。佐々木力監督（当時）は、セカンドの後方あたりに立ってノックを見守りながら、時折空を見上げていた。「なんで佐々木監督は空ばかり見ているんだろう？」。そのときは理由がまったくわからなかった。

事前に、常総学院の試合のビデオを隈なくチェックして「ランナー一塁の場合、ピッチャーが牽制をしてくるのはセットに入ってから2秒以内」というデータを得た。つまり「2秒以上なら牽制はない」ということである。

試合が始まり、うちがランナーを出塁させた際に、2秒が経過したタイミングを見計らって一塁ランナーがスタートを切った。するとその直後に牽制が来て、アウトになってしまった。再度、ランナー一塁となったときに同様に盗塁を試みたが、そこでも2秒が経過した後に牽制が来て2度目のアウトに……。「データと全然ちゃうやん⁉」。私は泡を食って、その後は戦術を変更せざるを得なかった。

敗戦の次の日、新聞を見ると「甲子園には甲子園用の戦い方がある」と佐々木監督が話している記事が載っていた。佐々木監督が甲子園練習で空ばかり見ていたのは、浜風（ライトからレフト方向に吹く風）を確認していたのだろう。牽制のタイミングにしても、ピッチャーの癖に気づき、県大会から甲子園までの短い期間に修正をしていたに違いない。

部長時代の出来事だが、私は常総学院に負けて「これじゃダメだ」と気づいた。センバツでベスト8になったことで、私たちは浮かれていたのだ。たまに甲子園に出るレベルの学校なのに、常連気取りになっていたことをとても反省した。

そんな経験もあり、監督になって初めての甲子園となった2018年夏は、甲子園練習でうちもフライノックを増やした。また、夏の甲子園では浜風が大きく影響する（フライが押し戻される）ため、セカンド、ファースト、ライトの動きがとても重要になる。ファーストの守備には強打者がつくことが多いが、甲子園でのファーストは打てるだけではなく、しっかり守れる守備力も求められる。佐々木監督がおっしゃっていたように「甲子園には甲子園用の戦い方がある」のだ。

全国の強豪と対戦する春季キャンプ

2024年は19泊20日を敢行

先述したように、本校では春休みに「春季キャンプ」と称して長期の遠征試合ツアーに出る。2024年の春はいままでで最長の19泊20日の旅となった。

3月18日の終業式が終わり、大型バスで苫小牧まで行き、そこから新潟までのカーフェリーに乗船する予定だった。ところがその日は天候が悪く、前日に欠航が決まった。

しかし、私たちも遠征のスケジュールを組んでいたので、どうしてもその日のうちに本州に行かなければならなかった。紆余曲折があり、新潟便と大洗便の二手に分かれれば、何とか本州に上陸できることがわかった。

新潟に到着した後は、そのまま四日市に入る予定だった（本書でたびたびご紹介している葛原先生のいる三重・海星などと試合をするため）。新潟着の部隊（マイクロバス）は大河部長が率いており、大洗便は私が大型バスを運転していた。新潟から四日市まで、車で約7時間、大洗からは約8時間かかったが、私たちはやっとの思いで目的地である四日市に到着することができた。

四日市では三重・海星のほか、愛知の豊田大谷や杜若（葛原先生が昔監督を務めていた。現監督である田中祐貴氏はオリックス・バファローズなどで活躍した元プロで私と同い年）と練習試合をするはずだった。しかし、無情の長雨でいずれも中止となってしまい、トヨタの室内練習場を借りて練習したり、大阪は晴れていたので甲子園に行ってセンバツを観戦したりして過ごした。選手たちは「目指せ、甲子園」と言いつつ、実際に甲子園を見たことのある者は少なかった。アルプススタンドは売り切れだったため、外野スタンドから大会第6日目の八戸学院光星対星稜の試合などを観戦したが、選手たちにとってはとてもいい経験になったようだ。

その後は関東に移動して、健大高崎、浦和学院、花咲徳栄、横浜、二松学舎大附、習志野、学法石川などの名だたる強豪と試合をさせていただいた（このキャンプでは全22試合を予定していたのだが、雨で半分は中止になってしまった）。

また、2024年10月には、愛知遠征で中京大中京、東邦とも練習試合をしていただいた。中京大中京は、夏の甲子園の試合をテレビで見ていて、毎年良い投手を育てているなと思ったのと、東邦は葛原先生をはじめ、歴代の錚々たるOBがどのような環境で育ったのかをこの目で確認したかったからだ。

甲子園で全国レベルの強豪と戦って勝つためには、普段から強い学校と練習試合を重ねて免疫をつけておくことも重要だ。だからこれからも、できる限り「甲子園常連」といわれるような強豪校と戦っていきたいと考えている。

ちなみに、いままでの遠征で一番遠くまで行ったのは、2022年の大阪遠征である（飛行機で行った)。でも、飛行機を使って移動するのは、甲子園出場のときだけに取っておきたいという私個人の思いもあり、車で行く遠征を中心にこれからも組んでいく予定だ。車があれば、カーフェリーを使って沖縄以外のエリアは遠征が可能である。もちろん、費用面での調整が何よりも肝心なので無理はできないが、可能なら四国にも行きたいし、九州でも試合をしてみたい。選手たちにいろんな経験をさせてあげたいので、私も動けるだけ動いていくつもりだ。

北照

第3章

高校野球の新時代を切り開く組織力

指導の根底にあるのは「社会で通用する人間になってほしい」という思い

高校野球部での指導経験を通じて、私は「北照ルール」ともいえる独特な文化や言語があること、そしてそれは、選手たちが社会に出たときに絶対に通用しないことに気がついた。たとえば、日常では「おはようございます」「ありがとうございました」といった挨拶が、野球部では「ざす」「した」などの略語になる（この略語は昔から広く全国的に使われている）。当然のことながら、こうした言葉づかいは社会では通用しない。

私は、選手たちに「社会でも通用する人間になってほしい」と願っている。野球がうまいだけの人間にはなってほしくない。だからこそ、私が監督になって以降、略語の使用は禁止するほか、野球部内だけで通じる言動は慎むように指導している。野球部だけで通じる特別なルールは、彼らが社会に出たときの障害になりかねないからだ。

選手たちに伝わりやすいように「社会人になって、取引先の相手の前でスマホをいじっていたら、仕事はもらえないよ」といった具体的な話もよくする。挨拶ひとつ取っても、社会人として相手に気持ちよく受け取ってもらえるかがとても大切である。仕事を頼みたくなるような人間になれるかどうか。そこが、社会でも通用する人材を育てるためのポイントだと私は思う。

高校野球の世界は独自の文化を持ち、社会の常識とはかけ離れた「高校野球だけの常識」がいろいろと存在する。狭い高校野球の世界だけに染まってしまうと、世の常識からはかけ離れていくだけだ。

近年「昔の野球部出身の子は挨拶ができて、自発的に動くこともできていたが、最近の子たちは言われたことしかできない」という声もよく耳にする。昔は、野球部出身というだけで就職先は引く手あまただったが、いまは野球をやっていたからといって、それが社会に出たときに必ずしもプラスにはなっていない。だからこそ、選手たちには自分で考えて行動する力、自発的に物事に取り組む力を身につけてほしいと強く願っている。

社会で通用する人間になってもらうために、私は選手たちに「野球以外のことも、極力自分で行動させる」ようにしている。たとえば、選手がケガや故障などで病院に行く際も「自分で調べて行け」と言う。移動で飛行機を使うようなときも、チケットは私が用意するが、空港までは選手に自力で行かせている。こうした経験を通じて、選手たちに「自分で動ける力」を身につけてもらうようにしているのだ。

以前「病院に行っても、医者になんと説明すればいいかわかりません」と選手から言われたこともある。自分の症状を医師に伝えられない生徒が意外に多く、私は「これではいかん」とかなりの危機感を抱いた。こうした問題を克服するために、野球以外の場で自主性を養う取り組みをいまは積極的に行っている。その一例を次項でご紹介したい。

選手たちの自立心を育むために始めた〝シーズンオフのアルバイト〟

第1章でお話ししたように、夏の甲子園の第100大会に出場して、私は甲子園で1勝することの難しさを知った。勝つためには、北照の「武器」が必要である。その最大の武器が「選手の自立」だと思った。選手に考える力があれば、ひとつの戦術の成功率が上がるだけでなく、その効果を2倍、3倍にもできる。選手たちにアルバイトをさせたのは、選手たちの「考える力」を養うためのひとつの取り組みである。

学校や寮、練習場だけの狭い世界で生きていると、どうしても視野が狭くなってしまう。

私は選手たちが外の世界に触れて「社会とはどういうものか」を肌で感じてもらいたかった。だから、シーズンオフ期間中にアルバイトをさせることを思いついたのだが、アルバイト先を探すところから選手自身に任せた。選手たちは自分でアルバイト先を探し、履歴書を書き、面接に行き、銀行口座を作った。こうした経験を通じて「考える力」を養うだけでなく、お金を稼ぐ大変さや親のありがたみも実感してもらいたかった。

最初にみんなが始めたアルバイトは、佐川急便での仕分け作業だった。たまに社員の方から怒られることもあったようだが、それもまた貴重な経験である。稼いだお金は部費や道具の購入にあてたり、保護者に送ったりと、選手自身に自由に使ってもらった。冬の期間中にアルバイトをしたことで、選手たちとの会話の内容も次第に変わっていった。ひと冬を越え、それぞれが大きく成長する姿を私は目の当たりにした。このシーズンオフの取り組みは、いまも続けている。

「甲子園で勝つためには選手の自立が必要」などと言うと、監督としての責任を放棄しているように聞こえるかもしれない。でも実際、試合の現場での監督の力など大したことはなく、選手たちが自分で考え、自立して戦ってくれることが一番だ。その「考える力」をいかに普段の生活、練習で養っていくか。そこが指導者の役割としてもっとも肝心なのだ。

甲子園で勝つためには、指導陣の考えを超える発想を持つ選手が必要である。選手が私たちの枠内で思考しているだけでは、勝利することは難しい。指導者の思考を超える「野球脳」を持つ選手が現れることで、チームは真に強くなるのだと思う。

たとえば、私がバントのサインを出したとしても、相手チームがバントシフトを敷いてきたら、それを見て選手が自らキャンセルして次の判断をする。そうした自主的なプレーができて、お互いをカバーし合うチームでなければ、甲子園では勝てない。

私は「練習試合中のミスはまったく問題ない」という考えだ。ミスをした際にどうカバーし、混乱せずに対応できるか。そのためには、優れた「考える力」を身につけたメインキャストを配置することも重要だ。試合の流れによって、選手たちが落ち込むような瞬間は必ず訪れる。それを乗り越えて、対処できる力をつけるためには、経験が不可欠だろう。だからこそミスを恐れず、それを成長の機会と捉えるべきだと、生徒たちには常々伝えている。

ミスはＯＫだし「どうしたらいいかわからない」という状態もまったく問題ない。肝心なのは、その失敗を次に生かすことである。頭に「？」が浮かんでいる状態こそ、選手が考えている証拠だ。そんな状況をたくさん経験して、成長していってほしい。「わからない」という状況に直面するのは自然なことだ。ただし、そこで「やらない」「できない」と逃げることだけは許さない。公式戦本番で頭に「?」が浮かばないようにするため、私たち指導陣は日頃から選手たちに、的確なアドバイスを送れるように気を配っている。

試合をしていて「この選手は私を超えた」と思えるのが理想だが、なかなかそのような瞬間は訪れてくれない。でも、甲子園に出場した2018年や2019年のときよりも、いまのチーム体制は「私以外の人たち主導」となっている。監督になりたての頃は、練習にしろ、試合にしろ、多くの指示を私が出していた。言い換えれば、すべて自分主体の指導、運営だった。しかし、いまでは練習メニュー組みの大半は大河部長に任せて、練習中も選手たちが自分で考える自主練習時間を増やしている。その結果、選手たちが自分の頭で考え、行動する力をつけてきているのを私は実感している。何より、私が選手を怒ることが格段に減った。

2020年はコロナの影響があったが、私の実感として2021年以降のチームは、甲子園に行ったチームよりも強かったと思っている。しかし、それでも甲子園に辿り着けていないことから「何かを変えなければならない」と感じ、先に述べたようにチームの運営体制、指導体制などを見直した。まだその成果は出ていないが、私は3度目の甲子園に確実に近づいていると感じている。

転ぶ前に助けるのではなく、転んで学ぶ機会を与えてあげる

人として成長していくためには、失敗を恐れずに経験を積み重ねていくことが何よりも重要だと私は考えている。だから選手たちに対しても、転ぶ前に助けてしまうのではなく、転んで学ぶ機会を与えてあげたい。

極論を言ってしまえば、私は本校が甲子園に行けなくてもまったく構わない。もちろん、できれば行ってほしいと思っているが、甲子園に行ったからといって選手たちのその後の人生が保証されるわけではないし、行けなかったからといって人生の失敗でも何でもない。大切なのは、選手たちが野球を含む高校生活から何を学び、どんな気づきを得るかだ。

「野球が上手だから偉いのか？」

「甲子園に出たからすごいのか？」

そのような問いを、私は選手たちによく投げかける。野球が下手でも素晴らしい人はたくさんいるし、甲子園に出てもその後の人生が思わしくない者もいる。長い人生で見れば、甲

子園はひとつの通過点に過ぎない。野球だけに囚われず、学校生活やアルバイト、恋愛などさまざまな経験を積むことが社会勉強として必要であり、それが人としての成長につながる。

寮生活においても、これまでの私は選手たちに厳しく指導してきたが、最近はそれをやめて、なるべく「見守る」ようにしている。これは、選手自身に「気づいてもらう」ことを優先しているからだ。部屋が汚い選手にも、ただ怒るだけではダメだと思う。コーチや部長が怒ったとしても、その後に私がフォローに回る。このように、怒り役、なだめ役、悟らせ役などを作ってチームが機能するように持っていくのも、組織力の大事なポイントといえるのではないだろうか。

私がいると選手たちは自然ときちんとするが、本当は私がいないときにこそ、きちんとできる人間にならなければいけない。「見られているからやる」ではなく、誰も見ていない状況でも自分で正しい行動ができる人間になってほしい。

怒りに頼る指導では、選手は「怒られたからやる」になってしまう。それを避けるために、怒りを表に出さず、むしろ悲しみや寂しさを伝えるようにすることも大切だと最近思うようになってきた。なぜなら、そのほうが選手たちの心に響き、共感してもらえることが多いからだ。ただ「ダメ！」と言っても、選手には伝わらないことを実感している。

最近は、寮での生活も徐々にうまく回るようになってきた。寮長を中心に、選手たち自身が考えて動く組織ができつつある。もちろん、失敗やさぼりもあるが、それも含めて高校生の成長の一部である。昔のように厳格にルールを押しつけるだけでは、自主性は育まれない。とくに寮生活では、押しつけるだけの一方的な指導ではなく、選手たちの自立を促すことが大切だ。

若い頃は、選手と一緒にご飯を食べたり、テレビを見たりしていたが、いまは距離を置いて俯瞰的に指導している。必要に応じて肩を組んで支えることもあるが、基本的には遠巻きに見守ることのほうが多い。選手たちの個性を尊重し、その良さをつぶさないように気をつけている。私の指導法も20代、30代、40代と変わってきた。いまは50代に向けてさらに進化している最中だ。

かつては甲子園に出場が決まった際、浮かれている選手を叱ったこともあった。でも、いまの自分なら怒らずに、もっと別の伝え方をするだろう。以前は選手を型にはめようとしていたが、いまは四角や丸、三角、星形など、いろんな形があっていいと考えるようになってきた。多様性を尊重することが教育であり、個性を伸ばすためにはルールで固めすぎてはいけない。

技術指導に関しても、以前より細かい指示を減らした。選手たちは自ら成長していくものであり、私が無理に手を入れると、かえって選手の成長を阻害する場合があると感じているからだ。選手の成長を邪魔しないように、指導の言葉選びにも気をつけている。私の若い頃の指導法は、大変古かったと反省している。私が部長になったばかりの頃の教え子たちが、いまの私を見たら「なんで何も言わないんですか?」「なんでそんなに優しいんですか?」と驚くことだろう。

応援されるチームになるために

私は昔から、世の中の変化に乗り遅れるのが嫌なタイプである。時代に乗り遅れることなく、常に最新の状態に自分をアップデートしていたいという思いが強い。だから野球理論や戦術、トレーニング法などに関しても、常にアンテナを張り巡らせて最新情報を収集するようにしている。

しかし、世の中がどう変化しようとも、変わらない部分、譲れない部分も自分の中にはある。その際たるものが「一体感」だ。チームとしての一体感を追い求め、地域のみなさんから応援されるチームになる。その思いだけは、時代が移り変わろうとも絶対に変わらない。

高校野球には、ほかのスポーツにはない特別な要素がある。目には見えない力が働いて、勝敗を左右する。これは、ほかのカテゴリーにはあまり見られないことだ。その力を動かすために、必要不可欠なのが「一体感」である。

私はいままで、多感な高校生たちの心の揺れによって、試合の流れが大きく左右されるのを何度も目の当たりにしてきた。だからこそ、彼らの精神的な成長をサポートして、選手自身が自分の心をコントロールできるようにする指導が普段から求められる。この指導は技術的なことにとどまらず、学校生活や寮での過ごし方、家庭での態度にまで及ぶ。高校野球は、日常生活全体が競技の一部となっているといっても過言ではない。

私自身、指導方法や組織運営の考え方も、その世代の選手たちに合わせて変えてきた。かつては他人に任せることを嫌い、すべてを自分で抱え込んでいた。しかし、前項でお話ししたように、最近では部長やコーチたちに信頼を置き、できる限り彼らに任せるようにしている。選手とスタッフが一丸となり、ひとつの目的に向かって一体となったときに、真のチーム力が発揮されるのだと実感している。

だが、変えてはいけないルールや決まり事もある。たとえば、道具が汚れていたり、整理整頓ができていなかったり、レギュラーメンバーが控え選手を見下すような言動を取ったりしたら、私は絶対に許さない。そういった問題が起きた場合には、チーム全体にその意識を浸透させるために、全員を集めて厳しく指導する。

学校生活においても同じことがいえる。不適切な行動があれば、全員の前で「それは間違っている」と明確に伝える。昔のように感情的になることは少なくなったが、チーム全体が正しい規律を保つことが最優先であることに変わりはない。高校生活の3年間で、生徒たちには人としての在り方をしっかりと学んでほしい。

応援されるチームになるためには、普段の生活態度が鍵となる。坊主頭で体格のいい生徒を見れば、小樽の人たちは「北照の選手だ」と思う。だから、歩くときは元気よく、堂々と振る舞う。学校からグラウンドまでの移動も、ダラダラせずに走っていく。そういった選手たちの姿を、小樽の人たちは見ている。どんなときでも一生懸命な姿勢を地域の人々に見てもらうことで、自然と応援されるチームになるはずだ。

選手の成長を促すためにあえて〝休む〟

休むことが、選手のやる気に火をつける

2017年の監督就任以降、私は野球部の在り方すべてを見つめ直し、いろいろな改革を行ってきた。

かつてのやり方と同じことをしていては、人間的にも野球の技術的にも選手たちの成長は望めない。だから躊躇なく新しいことを試し、良いと思ったものはすべて取り入れた。本項では、その取り組みの一部をお話ししていきたい。

以前の野球部にはオフはなかったが、いまは週に1日、必ずオフの日を設けている。いまの世の中は週休2日が当たり前である。そういう環境の中で選手たちも育ってきたので、休みなく毎日練習をやり続けるという習慣が体に馴染んでいない。せめて週に1日は体を休める日がないと、とてもではないが現代っ子は対応しきれない。また、心技体のバランスが崩れないようにするためにも、週1の休みを設けて、オンとオフのけじめをつけることが大切だと思う。

現在、うちのオフは月曜である。場合によっては月曜ではないときもあるが、オフ日に関しては前もって選手たちに伝えるようにしている。そうすれば選手たちも予定が立てられるし、がんばろうというエネルギーも湧いてくる。

また、ときには週のうち2日を休みにする場合もある（とくにシーズンオフ期間中）。昔は「1日休めば、それを取り戻すのに3日かかる」などと言われていたが、そんなことは最近まったく気にならなくなった。先述したように「休むときは休む」というオンとオフの切り替え、けじめが肝心なのだ。

年末年始は2週間の休みにして、寮を閉めて選手たちを地元に帰す。2017年以前は1週間ほどの休みであったが、自宅通いの選手は休み中も室内練習場に来て自主練習したりしていた（私も付き合って練習を見ていた）ので、完全オフとは言い難かった。だから、いまは野球部として「しっかり休みましょう」ということで2週間を完全オフにしている。もちろんその2週間、私たち指導陣も完全オフである。

厳しいトレーニングの日々を過ごしていると「練習を休みたい」と思うものだが、休みが長く続くと逆に「野球をやりたい」と思うようになる。この「野球をやりたい」という気持ちがなければ、選手の心技体の向上は望めない。

冬の間はあえて練習時間を短くして「選手たちの体を大きくする」ことに努めている。練習と休養（睡眠も含む）と食事（栄養）。この3つが揃って、体は大きくなっていく。だからこそ、私は「栄養」と「休み」のほうに重点を置き、そのぶんシーズンオフの練習時間を短くした。ちなみに、寮の消灯は22時30分で起床は6時30分である。最低でも8時間は睡眠時間を確保するよう、選手たちにはいつも言っている。

近年の高校生は「この練習にはどのような意味があるのか？」をしっかり理解しないと、積極的に練習に取り組んでくれない。かつての「1000本ノック」のような、あまり意味のない、数だけの練習はとてもではないがやってくれない。そういった理由から、私は練習時間を短縮して「内容の濃い練習」をしてもらおうと考えた。選手たちは自分の成長を実感できればその練習で満足するし、足りないと思えばそれぞれが個別に自主練習に取り組むようになる。あえて「休む」ことが、選手のやる気に火をつけてくれるのだ。

専門家を招き、個々の力をアップさせる

私は、選手たちが自主的に練習に取り組んでくれるよう、本書でご紹介してきたようにいろいろな取り組みを行ってきた。しかし、知識も技術もない人にいきなり「自由にやりなさい」と言っても、その人が自分で考えて動くのは難しい。だから、私たち指導陣が最低限の知識を与えて技術的指導を行い、選手自身が自分で考えて動けるようになるところまで持っていってあげるようにしている。ただ選手たちは十人十色、いろんな個性や考え方を持っているので、一筋縄ではいかないのが現状だ。

選手たちがいろんなことに取り組めるよう、練習メニューやトレーニング方法の素材を彼らの前に提示して、好きなものを選んでもらうようなやり方をするときもある。いま、ウォーミングアップに関しては選手個々で行うことが多い。そのやり方にしても、トレーニングコーチが来て、いろんなアップ方法を指導してくれている。

現在のトレーニングコーチである寺中靖幸さんは、月に1回の割合で本校にやってきて指導を行っている。寺中さんは「寺中特殊部隊」というジムを東京で経営しており、フリーのパーソナルトレーナーとして、有名アスリートから一般の方々まで幅広く運動指導やトレーニング指導を行っている。寺中さんはかつて、自衛隊体育学校スポーツ科学科マルチサポート教官を務めていらっしゃった。

寺中さんの指導は、ウォーミングアップのドリルのほか、肩甲骨や股関節などの柔軟性ドリル、ウェイトトレーニングなど多岐に渡る。寺中さんの指示に則って、アジリティ、フィジカル、ウェイトなどの各種ドリルを全体でやる場合もあるし、個人でやりたいメニューに取り組むときもある。

毎年春には、シーズンオフのトレーニングの成果を数値化すべく、全選手のフィジカルテストを実施している。寺中さんのご指導のおかげで、２０２４年春にはチーム平均が歴代最高値を記録した。

私がいくら最新のトレーニング理論を学び、選手たちに教えたとしても、その効果は専門家のそれには遠く及ばない。本校は、序章でご紹介したようにプロ野球選手も多く輩出しているが、技術的な指導に関しては元プロのＯＢに頼むことも多い。

２０２３年まで、ＯＢで元・オリックス・バファローズの吉田雄人が、コーチとして手伝ってくれていた。その後、現在は同じくＯＢの上村和裕（元・オリックス・バファローズほか）がテクニカルアドバイザーとして週に2〜3回、指導に来てくれている。本校は２０１9年以来、甲子園から遠ざかっているため、私自身「何かを変えないといけない」「勉強しないといけない」と思っていた。そこで、ＯＢである上村にコーチ就任のお願いをしたのだ。

彼ら元プロの協力もあり、選手たちはプロで培われたレベルの高い知識や情報に触れられるようになった。元プロからの技術指導は、私が教えるよりも選手たちの納得度が違う。

とはいえ、私の信念である「高校野球は〝高校野球のプロ〟が指導すべき」という考えは変わらない。元プロのOBや専門家から高いレベルの技術指導は受けても、全体を統括して選手たちの日常を見守り、チームとしての組織力を上げていくには、高校野球に長く携わった指導者の存在が必要不可欠だと考えている。

圧倒的不利な状況でも平常心を保つために

凡事徹底の姿勢を保つことがもっとも大切

2010年代頃から「小樽は北照一強」とよく言われるようになった。しかし、私にはうちが一強という意識はまったくない。その証拠といってはなんだが、私が監督となってからも春と秋の支部予選で4回も負けている。

小樽双葉は毎年いいチームを作ってくるし、小樽潮陵も伝統校で力がある。小樽明峰や小樽桜陽も有力校として知られており、郡部でも倶知安や寿都などが虎視眈々と上位進出を狙っている。

確かに総合力としては、うちが頭ひとつ抜けていたときもあったかもしれない。しかし、よく言われることだが、高校野球はトーナメント戦の一発勝負なので、何が起こるかわからない。２０２４年の夏の大会も、低反発バットの影響などもあって、全国各地で優勝候補の強豪校が１・２回戦で早々に姿を消す、という大波乱がいくつもあった。

北海道でいえば、近年甲子園に多く出場している北海や本校に対して、他校は「打倒北海」「打倒北照」とどこも目の色を変えてかかってくる。小樽支部での試合においては、観客の多くが「北照が倒されるところを見てみたい」と思っているので、球場の雰囲気も完全アウェイになることが多い。選手たちはまだ高校生なので、そのような雰囲気を感じると当然動揺もする。だから、私たちは相手がどこであろうと、一戦たりとも気が抜けないのだ。

「球場全体が敵」と感じるようなときでも、できるだけ動揺を押さえて普段通りの実力を発揮するには、日頃から「凡事徹底」の姿勢を保つことがもっとも大切だ。だからこそ、うちではカバーリングや全力疾走といった基本中の基本を疎かにすることなく、常日頃から徹底するように厳しく指導している。

凡事徹底の一例として、うちではフォアボールやデッドボールで出塁するとき、打者はバットを一塁線のラインに沿ってきちんと置くようにしている。

　これは「道具を大切に扱う」という意味とともに「どんなときも平常心を忘れない」ために行っている。デッドボールを受けて、相手投手をにらみつけながら一塁へ向かうような他チームの選手をたまに見かけるが、そのような怒りの情念を持つのは、その時点で平常心を失ってしまっている証拠だ。だから、うちの選手たちには、どんな状況であっても一塁線に沿ってバットを置くように指示している。

　たまに、本人はちゃんとバットを置いたつもりなのに、わずかに線からはみ出してしまうことがある。そんなときは、ベンチの全員が「(線から)外れてる!」と大声で指摘する。すると、打者はバットのところまで戻ってきて再度置き直す。デッドボールのときは、痛みもあってバットをきちんと置くことを忘れがちになるが、そんなときこそしっかりやるようにするのが大切なのだ。

　本書ですでにご紹介したが、第100回大会の支部代表決定戦で、私たちは8回の攻撃に入る時点で小樽潮陵に3－7で負けていた。先頭バッターに、私は「ヒットでもフォアボールでも、何でもいいからとにかく塁に出ろ」と言って送り出した。バッターがチームの期待に応えてフォアボールで出塁すると、ベンチもスタンドも一気に沸き返った。その瞬間、私はバッターがいつも通り、きちんとバットを一塁線に沿って置けるかどうかを見ていた。するとバッターは、浮かれることなく、落ち着いてバットを置いた。それを見たベンチ、そしてスタンドの応援団はさらに大盛り上がりである。私はこのとき、試合の中に流れる見えない力を感じて「この回、逆転するかもしれない」と思った。

世間一般では「うまくいかないとき、追い込まれたときに人間の本性が出る」とよく言われる。切羽詰まった状況でひどく動揺してしまうのは、心の軸が失われてしまっているからだ。毎日の練習、学校や寮での生活、そういった日常において凡事を徹底していくことで、心の軸は育まれるのだと思う。

セイバーメトリクスの重要性

アメリカで生まれたセイバーメトリクスというデータ分析手法は、近年日本の野球界でも多く取り入れられている。バッターやピッチャーのデータを集め、統計学的見地からそれを客観的に分析して選手を評価したり、その結果に則って戦略を考えたりしていく。うちでは、大河部長がセイバーメトリクスをもとに選手個々を分析して、私にいろんなアドバイスをしてくれている。

バッターでいえば、重要視されているのはＯＰＳ（打者を評価する数値。出塁率と長打率を足し合わせた評価）である。だが、ＯＰＳが同じくらいの数値であっても、一方の選手はアベレージヒッターなのに、一方は長距離ヒッターであったりする場合もある。

そのようなときは、ＲＣ27、ＸＲ27と呼ばれる得点能力を表した指標も参考にする。この指標は「1番から9番まで、同じバッターで打順を組んだときに1試合で何得点できるか」を表したもので、この指標も打順を組む際などに非常に参考になる。

また、ＢＢ／Ｋ（フォアボール数が多く、三振の少ない選手。つまり選球眼のいい選手）も、打線の得点力を上げるためには見逃せない指標である。このような打撃データを大河部長が練習試合、紅白戦、公式戦など、あらゆる試合で集めてくれている。

ピッチャーの指標としては、ＷＨＩＰ（1イニングあたり何人の走者を出したかを表す数値、与四球と被安打数の合計。低いほどいい）、Ｋ／9（9イニング投げたとして、三振をいくつ奪えるかを表したもの）、ＢＢ％（四球の割合。数値が低いほど四球を与えない投球をしている）、防御率などを参考にすることが多い。

ピッチャーの指標を見れば「このピッチャーは最近四球が減ってきた。コントロールが良くなってきたんだな」「奪三振数が増えてきた。球速が上がり、キレも増したんだな」といったことが一目瞭然である。先発、中継ぎ（ワンポイント）、抑えなどピッチャーにはいろいろな役割があるが、それを決めるときにもこれらの指標が役に立つ。

データは選手たちが入学したときからずっと取っているので、その選手がどれだけ成長しているか、あるいはどの点において伸び悩んでいるかもわかる。２０２４年から低反発バットが導入されたので、バッターの数値もかなり変わってくるかもしれない。

セイバーメトリクスで表された数値は、メンバー選考の根拠にもなる。示された数値を吟味した大河部長からアドバイスを受けて、打順を組むこともよくある。

ここまでお話ししてきたように、選手たちのいまの状態が数値となって表れると、私のイメージとはかなり違った結果になっていることも多い。人間には固定観念や先入観というものがあるので、そこに惑わされない客観的なデータであるセイバーメトリクスはとても参考になるし、重要だと私は考えている。

「組織力」が新時代を切り開く

"3すぎ"指導が選手の成長を阻害する

2023年夏の南北海道大会において、私たちは1回戦で駒大苫小牧と対戦して1－4で敗れた。その前年の夏の大会でも、私たちは1回戦こそ勝ったものの、2回戦敗退を喫していた。2年連続の早い段階での敗戦。とくに2023年の1回戦負けは、私にとってダメージが大きかった。

南北海道大会でなかなか勝ち上がれず、私は「何かを変えないと、一生勝てない」と感じていた。2018年、2019年と連続して夏の甲子園に出場したが、その後私たちは甲子園から遠ざかっていた。選手たちはどの代も、一生懸命やってくれている。それなのに結果が出ないのは、監督である私の責任にほかならない。そして、駒大苫小牧に負けて、自分のいままでの指導を振り返ったとき「選手の成長を邪魔しているのは自分だ」と理解した。

監督に就任して以降「選手たちのために」と、遮二無二突っ走ってきたつもりだったが、がむしゃらになるあまり、選手たちに自分の価値観を押しつけすぎていたと反省した。良かれと思ってやってきたことが、結果として選手たちに自分の考えを押しつけるだけになってしまっていたのだ。

「こうすればいいんだ」と指導者の型にはめるような教え方は、一時は効果が上がったとしても、長い目で見ればその選手の成長を阻害するものになりかねない。「選手の成長のカギは自主性にある」とずっと考えて、選手が自立するための指導を実践してきたつもりだったのに、いつの間にか「言いすぎ」「教えすぎ」「干渉しすぎ」の〝3すぎ〟指導になっていた。助言ではなく、答えを教えてしまっていたら、選手の自主性はもちろん「自分で考えて動く力」など身につくはずもない。

２０２２年、二松学舎大附の市原勝人監督が小樽市の指導者講習会に講師としていらっしゃった。そのとき、市原監督にうちの練習も見てもらったのだが「本当にいいチームだな。これなら甲子園に行けるよ」とうれしい言葉をいただいた。そして続けて「あとは上林君が邪魔しないことだよ。選手は勝手にやるから、上林君はコーヒーでも飲んでいればいいんだよ」と市原監督はおっしゃった。あのときは冗談かと思ったが、いまは市原監督の言った言葉の意味がよくわかる。私は選手の成長を邪魔していたのだ。

良かれと思い、選手に指導をする。試合で使ってみて、ダメだったら「あれだけ教えてやったのに」と怒って選手を代える。こんなことをしていたら、選手が成長するわけがない。選手の成長を邪魔している、選手をつぶしているのは私だった。「チームのために」「選手のために」という思いだけでやってきたつもりだったが、それが逆効果になってしまっていた。市原監督は、そのことを改めて私に教えてくれた。

私が、大河部長と渡辺コーチにいろんなことを任せるようになったのは、2023年夏の1回戦負け以降である。監督である私がひとりよがりでがんばるのではなく、スタッフの意見や力も借りながら、組織としてチーム作りをしていく。監督就任当初に抱いていた「一体感のあるチーム」は組織力がなければ作れない。

私は、前監督からチームを引き継いだとき「一体感のあるチーム」「応援されるチーム」を目指したのはここまで何度も述べてきたが、それと同時に「監督が替わっても、ちゃんと機能するチームを作らなければならない」とも思った。チームが勝ち続けていくためには、トップが替わったとしても揺るがない土台を築いておかなければならない。そして、私を含めたスタッフ全員の組織力が機能してこそ、その土台は築かれるのだ。

3年生の引退後の取り組み

引退した3年生で結成した〝野球部吹奏楽団〟

私は以前から、3年生の引退後の取り組みについて考えていた。野球を引退してから卒業までの間、選手たちはどうしても野球から完全に離れてしまったり、目標を失ってしまったり、あるいは多くのチームで問題行動が生じてしまったりすることも中にはあるので…。

2024年の3年生は「卒業するまで、野球部員として最後までがんばります」と、夏の敗退後に約束をしてくれた。その結果、彼らが思いついたのが、引退した3年生たちによる〝野球部吹奏楽団〟だった。いままで楽器になど触ったこともない選手たちが、スタンドで演奏にチャレンジするというのだ。これまで応援でお世話になってきた吹奏楽の先生に、自分たちが楽器を演奏することで恩返しをしたい、というのがスタートだった。

そして、わずか1か月しか練習期間がない中、選手たちはスタンドで見事な音色を奏でて現役の部員たちの勝利に貢献してくれた。そのときの模様が、日刊スポーツに『北照が9回逆転初戦突破！ 引退した3年生で結成〝野球部吹奏楽団〟の応援が後押し』というタイトルで掲載されたので、ご紹介したい。

「この日は引退した3年生のうち13人で組織された〝北照野球部吹奏楽団〟がデビュー。1か月前に初めて楽器に触った野球部員と、ふたりの正規吹奏楽部員がコラボレーションして8曲を演奏し、後輩たちの逆転劇を後押しした。楽団長で、トランペットを担当した鏡稟太郎投手（3年）は『音を出すのに1日、音階にするのに全員2週間かかりました。コンクールには出ませんが、せっかくなので、（全道大会の）札幌ドーム（大和ハウスプレミストドーム）、センバツ甲子園など、行けるところまで行きたい』と威勢良く語った」

そしてこの言葉通り、全道大会の札幌ドームでも、彼らは見事な演奏を披露してくれた。これは、北照野球部としては初の試みだったが、楽器に触ったこともない野球部員が引退して吹奏楽団を結成するなど、私の知る限りいままでに聞いたことがない。

私は今後、これを北照野球部の伝統にしていきたいと思っている。

大先輩である名将たちの教え

第2章で、箕島の元監督である尾藤公さんから「指導者になれ」と言われた話をご紹介した。私の恩師である河上監督はとてもフットワークの軽い方で、全国各地の名将が率いる高校に伺っては、教えを乞うていた。尾藤さんもそのうちのひとりで、その縁がきっかけとなり、私の高校現役中も尾藤さんが北照に訪れて指導をしてくれた。

ある練習試合で、河上監督が都合によって不在となり、尾藤さんが代行監督を務めたこともあった。いま思えば、そのときから尾藤さんは私に「上林、高校野球の監督どうや？ 高校野球の指導者もいいぞ」と言ってくれていた（もちろん、現役中の私は指導者になろうという気持ちはまったくなかった）。

春夏計4度の全国優勝を誇る名将がベンチからサインを出すのだから、私たち選手もとても緊張したのをよく覚えている。尾藤さんのサインは肩がバント、胸がエンドラン、足が盗塁、鼻がスクイズだった。私たちは「全国制覇のチームにしてはサインが簡単だな」と思ったが、尾藤さんは「１９７０年（昭和45年）のセンバツ初優勝のときから、俺のサインはこれだ」と笑っていた。

当然のことながら、サインが単純なので相手チームにもすぐにバレた。でも、尾藤さんは「バレてもええんや」と言う。「俺が出したサインは、バレようが何しようが、選手は絶対にやらなあかん」と豪語していた。「スクイズのサインがバレて、外されたらどうするんですか？」と尾藤さんに聞くと「外されても当てるやろ」と即答である。私も「わかりました。外されようが、どんなボールが来ようが絶対に当てます！」と言うしかなかった。でも、尾藤さんの言った「サインはバレてもいい」というのは真実だと思う。バレても成功できるように、こちらは日々練習を重ねて対応力を磨けばいいだけなのだ。

大阪から北海道にやってきて、河上監督という指導者に出会い、私の人生は変わった。河上監督のおかげで尾藤さんのほかにも、横浜の渡辺元智元監督、星稜の山下智茂元監督など、名だたる名将と若い頃に会わせていただいた。向こうは当然覚えていらっしゃらないと思うが、私にとってはどれもが大切な出会いで、たくさんの学びを得ることができた。

河上監督のフットワークの良さは、私も受け継いでいる。昨年、学校の修学旅行で沖縄に行った際、名護に泊まったので同市内にある強豪、エナジックスポーツ高等学院の神谷嘉宗監督に電話をかけた（神谷監督とは、葛原先生の紹介で以前にお会いしたことがあった）。神谷監督に「修学旅行に来てすぐ近くのホテルに泊まっているので、明日、朝練を一緒にやっていただけませんか」とお願いした。すると、神谷監督は唐突な私のお願いを、快く引き受けてくださった。翌朝、うちの選手たちは、ジャージ姿でエナジックスポーツの選手たちと一緒に練習を行った。修学旅行の行程で、現地の人たちと深く交流する機会はあまりない。だからうちの選手たちも、現地の高校生との触れ合いをとても喜んでいた。

大学卒業後、北照のコーチになったばかりの頃に、北海道遠征に訪れていた横浜隼人と練習試合をしたこともある（河上監督と横浜隼人の水谷哲也監督は親交があった）。試合前、河上監督から「上林、横浜隼人のベンチに入れ」と言われた。河上監督は私を横浜隼人のベンチに入れて、水谷監督の采配を勉強させたかったのだろう。試合中、水谷監督は私にいろんなことを教えてくれた。水谷監督とのご縁はいまも続いており、夏休みに北海道遠征にやってくる横浜隼人とは毎年練習試合を行っている。横浜隼人の北海道遠征はカーフェリーを使い、バスに乗ってやってくる。運転手は、水谷監督である。水谷監督のがんばっている姿を見ると「若い私が負けていられない」といつも身が引き締まる。

第1章で春季キャンプのお話をしたが、遠征に出て甲子園常連校と対戦できるのは、チームにとっても私にとっても非常に貴重な経験である。試合の前後に各校の名将とお話をさせていただくが、本当に参考になることばかりだ。

２０２４年の関東遠征では、雨で予定されていた試合が中止となり、駒澤大の室内練習場をお借りして練習した。元・駒大苫小牧の監督であり、現在の駒澤大監督である香田監督に「選手たちにひと言お願いします」と言って、アドバイスをいただいた。うちの選手たちにとって、香田監督は「伝説の人」といっていい。選手たちは目を輝かせながら、香田監督の話を聞いていた。

私の指導者人生を振り返ると、本当に多くの大先輩たちにお世話になってきた。いただいたご恩に報いるためにも、私は甲子園に出場して、そこで勝ち上がっていかなければならないと思っている。

「機動破壊」の生みの親、葛原美峰先生との出会い

前項では、たくさんの大先輩から学んだことをお話しさせていただいたが、その中でも一

番お世話になっているのが「機動破壊」の生みの親である葛原美峰先生である。

私が部長だった頃、北海道遠征に来ていた健大高崎と練習試合をしたのが、葛原先生と知り合ったきっかけだ。その後、私が監督として初の甲子園出場を果たした翌年の２０１９年、春季キャンプで健大高崎と対戦する機会を得た。このとき、健大高崎の青柳博文監督は学校の会議などがあって不在で、葛原先生がベンチでサインを出していた。私は書籍『機動破壊』の愛読者でもあったので「生で〝機動破壊〟が見られる」と心が浮き立った。

実は、この試合が葛原先生の健大高崎でのラストゲームだった。葛原先生には、試合前に「〝機動破壊〟を勉強させていただきます！」と挨拶していたこともあって、初回からありとあらゆる機動力を駆使して攻めてきた。きっと葛原先生は私のために、意図的に機動力を使った采配を用いてくれたのだろう。もちろん、うちのチームは初めて「機動破壊」を目の当たりにして、おろおろするばかりだった。このときに葛原先生と深く話したことがきっかけとなり、いまではたびたび北照に指導に来ていただいている。

葛原先生に小樽に来ていただいた際には、いつも夜遅くまで私は葛原先生を質問攻めにする。私がいままでに知り合った野球関係者の中で、葛原先生ほど野球を愛し、野球を探究し、野球の知識と知恵を備えた人はいない。だから、私は葛原先生にお会いするとうれしくなって「こういうときはどうすればいいんですか?」「こんなことを相手がしてきたら、どう対処すればいいんですか?」と、まるで子どものように質問してしまうのだ。第2章で、私は小学生の頃にドン・ブレイザーの『シンキング・ベースボール』を読んでいたとお話ししたが、葛原先生にその話をすると「『シンキング・ベースボール』の話ができるのはお前くらいのものだ」とお褒めの言葉をいただいたこともある。

年に数回、葛原先生に小樽に来ていただいて「機動破壊」の教えを受けており、私は道内では葛原先生の一番弟子だと自負しているので「〝北の機動破壊〟と名

北照のグラウンドで指導する「機動破壊」の生みの親・葛原美峰氏

乗っていいですか?」と葛原先生にお伺いを立てたところ、ご了承いただいた。2023年には『北照〝北の機動破壊〟で11年ぶりのVを狙う』と日刊スポーツに取り上げられたこともある。

積極的に次の塁を狙う「機動破壊」の考え方や技術を葛原先生から直接教えていただき、選手たちの中で次の塁を狙う意識は年々高まっている。前項でも述べたが、葛原先生に恩返しするには甲子園で勝つしかない。甲子園で「北の機動破壊」を葛原先生にお見せするのが、いまの私の大きな目標でもある。

私は葛原先生のように、いろんなことを選手たちに教えてあげられる広く深い知識を持ちたい。葛原先生は、高校野球界に残すべきもの、伝えていかなければならないものをたくさんお持ちだ。微力ながら、私もそれを受け継ぎ、若い世代に伝えていきたいと思っている。

第4章

北照の目指す野球を成し遂げるために

北照野球部の選手、スタッフなど

本校の部員数は2024年夏の大会前の時点で総勢90人（1年生29人・2年生32人・3年生29人）である。そのうち、寮で生活している者が70人、残りの20人は自宅から通っている。普段の練習を見ているスタッフは、基本的に私を含めて次の3人で、3人ともに本校の教員でもある。

・監督／上林弘樹（45歳、北照→東海大学旭川キャンパス・札幌キャンパス・硬式、情報・公民教員）

・部長／大河恭平（36歳、東海大浦安→東海大学湘南キャンパス・準硬式、国語教員）

・コーチ／渡辺隆太（30歳、東海大高輪台→東海大学札幌キャンパス・硬式、公民教員）

部内での役割を大まかに分けると、

・私→全体、バッティング

・大河部長→ピッチャー、守備全般（とくに内野）、データ

・渡辺コーチ→トレーニング、外野

といった感じで、本書で述べたように、最近では練習メニューの組み方なども大河部長と渡辺コーチに任せることが多くなった。

そのほかに、指導に協力してくれている外部コーチは次の通りである。

・寺中靖幸氏（トレーニングコーチ）※第3章でご紹介
・上村和裕（テクニカルアドバイザー、元・オリックス・バファローズほか、本校OB）
・森田浩行（野球部の活動の広報担当、SNS・インスタなどで発信）※インスタは毎日更新してくれている
・細貝晃司（ピッチングメカニクス担当、トレーナー）
・お股ニキ（@omatacom）（ピッチングデザイナー）※ラプソードなどを使いながらピッチングの指導

こういった外部の方々の力もお借りしつつ、組織力で強いチームを作り上げるべく、私たちは日々練習に励んでいる。

野球部の施設、設備、寮

野球部に関連する施設は、次の通りである。

専用グラウンド（写真①②③④⑤・左翼98ｍ、右翼１００ｍ、センター１０８ｍ）には、ブルペン（写真⑥・４人用）、鳥かご（写真⑦・15ｍ×25ｍ）、ライト奥にサブグラウンド（写真⑧・内野1面ほどの広さ）がある。

鳥かごでの練習は、ティーやマシンを使ったバッティングがメインとなっている。

さらに、本校校舎の敷地内には室内練習場（写真⑨⑩・30ｍ×35ｍ、ブルペン２人用×2）がある。

シーズンオフになると、野球部の活動は室内練習場と校舎内にあるウェイトトレーニングルーム（写真⑪⑫⑬⑭）がメインとなる。シーズン中の雨天時は、室内練習場でキャッチボールやピッチング練習に加え、走塁練習なども行う。

グラウンドのマウンド、ブルペンのマウンド（室内練習場含む）は、エスコンフィールド

広い敷地に造られた左翼98 m、右翼100m、センター108mの専用グラウンド

一塁側にある４人用のブルペン

ティーやマシンを使ったバッティングを行う鳥かご

内野１面ほどの広さがあるサブグラウンド

校舎の敷地内にある、道内随一の広さを誇る室内練習場

校舎内にあるウェイトトレーニングルーム

対策としてプロ並みの固さにしてある。

部員の暮らす寮はふたつあり、第1寮が小樽駅から徒歩10分くらい（学校からバスで15分ほど）、第2寮は学校から徒歩10分ほどのところに位置している。

第2寮は1年生20人が入っており、第1寮には2・3年生50人が暮らす。第1寮の部屋の内訳は、2人部屋×6、4人部屋×2、6人部屋×2、8人部屋×1、10人部屋×1で、第2寮は4人部屋×5となっている。

また、第1寮に隣接する敷地には人工芝を敷き、素振りや羽根打ち、軽いキャッチボールなどができるようにしている。

寮生の食事は土日を含め、学校の学食で朝夕の2食、お昼はお弁当である。学校によっては「最低これだけは食べろ」と食べる白米の量を設定しているところもあるようだが、うちでは無理に食べさせるようなことはせず、楽しく食事ができればそれでいいと考えている（ただ、ピッチャーで球速を上げるために体重増が必要だと思われる選手には、食事量を増やすよう指示することもある）。

学食の朝食は7時30分から食べることが可能で、学校の始業が9時25分からなので、8時から9時の1時間は朝練習の時間にあてている。始業が9時25分と遅いのは、全生徒の中には遠方から通っている者もいて、そういった生徒の通学に無理が生じないようにあえて遅く設定されている。

私は第1寮（3階建て）の2階の部屋で、週4～5日寝泊まりしている。監督部屋が2階にあるのは、選手たちとコミュニケーションを取りやすくするためである。第1寮は私がいない2～3日間を渡辺コーチが、第2寮は大河部長が週5日、残りの2日間を学校の教員が寝泊まりして、寮の管理に務めている。ちなみに、寮費は月7万5000円。選手の部費は年間で6万円（月5000円）である。

シーズン中、フリーバッティングはほとんど行わない

シーズン中の平日（火曜～金曜）の練習は、終業後の14時～19時が全体練習の時間となっている。先述したように、月曜はオフ（場合によってはオフが別の曜日になることもあるが、基本的に週1回は必ず休みを設けるようにしている）である。

夏の大会前（とくに5月）は、前項で述べた時間で朝練習を行う。春の大会は5月中旬か

ら小樽支部予選が始まり、5月下旬から南北海道大会が開幕する。支部予選中は朝練習、日中の練習、夜間練習の3部練習を2週間ほど行い、チームを追い込む。これが毎年6月下旬から始まる、夏の南北海道大会にピークを持っていくための本校のやり方である。寮生は19時〜19時30分に夕食を取り、3部練習のときは20時〜21時に夜間練習をしている（22時30分消灯は通年変わらず）。

シーズン中の練習スケジュールを大まかにご説明すると、

14時〜15時　ウォーミングアップ（寺中コーチのメニューに則ってじっくり行う）
15時〜15時30分　キャッチボール
15時30分〜16時30分　守備練習（シートノック、投内連携ほか）
16時30分〜18時　実戦型式練習（シートバッティング、ケースバッティング、走塁）
18時〜19時　課題練習（自主練習）

バッティングは実戦的な練習に主眼を置いているので、うちではゲージを数か所並べて行うようなフリーバッティングをあまりしない。北海道は練習期間も、練習時間も限られている。だからゲージを出して、片づけて、というわずかな時間でさえも、私はもっと有効に使いたい。冬の間に室内練習場でしっかり打ち込み、3月になったら春季キャンプで本州に遠征して、そこから実戦的な練習に取り組むのがうちのスタイルだ。

ただ、最近は大河部長から「フリーバッティングの打球（生きた打球）を捕るのも、実戦につながるのでは？」という提案があり、以前に比べればフリーバッティングを取り入れるようになっている（その場合、ゲージは3基）。しかし、それでも他校のフリーバッティング練習量に比べれば圧倒的に少ないと思う。

シーズン中は室内練習場、グラウンド、さらに市営の小樽桜ヶ丘球場を借りて、3か所で練習を行うこともある。室内練習場では集中的な打ち込み、グラウンドでは実戦的なバッティング練習、市営球場では紅白戦や連携プレーをメインとした守備練習を行うといった具合である。

シーズンオフの練習

11月の第1週にはグラウンド納め

小樽では11月には雪が降り始めて、12月には積もっている。そういった事情から、私たちは11月の第1週にグラウンド納めを行い、その日からグラウンドでの練習は行わなくなる。

グラウンド各所に張られているネットを畳み、道具や機材を倉庫内にしまう（積雪によってつぶれてしまわないように）。北海道のチームは多少の差はあっても、11月〜3月の約5か月間は基本的に屋外グラウンドでの練習は行えない。

シーズンオフ期間中の練習時間は終了が18時と、シーズン中より1時間早まる。オフの期間中、トレーニングはもちろん行うが、体を大きくするために食事と休む時間の拡大に近年は力を入れている。

2023年11月から2024年2月にかけての週末（土日）、今回は実験的にチームを3つの班に分けて、ローテーションを組んで室内で練習を行うようにした。

班分けはバッテリー班、内野班、外野班の3つ。これを、たとえば土曜9時〜12時はバッテリー班、12時〜15時は内野班、外野は終日オフ、という形のローテーション形式にしてみたのだ。このやり方ならば、時間を有効に使いつつ休養も取れる。今回試したことで、このローテーション形式はかなり効率よく、選手たちのフィジカルや技術を向上させてくれることがわかったので、今後も続けていくつもりだ。

野球部はオフの日でも、学校のある日は選手にとって「完全なオフ」とはならない。だから、私は土日のどちらかで「完全なオフ」を選手たちに作ってあげたかった。土日の15時以降はそこで練習を切り上げることもあるし、個人練習の時間にあてることもある。

また、本校の選手たちはシーズンオフ期間中に限り、ユニフォームではなくジャージを着用して練習する。その後、プロ野球のキャンプが2月1日から始まるのに合わせて、うちの選手たちもユニフォームを着て練習するようになる。これは、長い冬の練習期間に少しでもメリハリをつけるための工夫である。そのほかに、シーズンオフに工夫している点としては、ティーバッティング練習でも本校の選手たちはエルボーガードやフットガードをつけて打つ（実戦を意識するため）。

3月に入ると、室内練習場で走塁練習などの実戦的な練習を徐々に始める。バッティングをするにしてもただ打つのではなく、ランナーを進めるための戦術的なバッティング練習を行う。春季キャンプ（遠征合宿）序盤の3～4日間はみっちり屋外グラウンドで練習をするが、その後は連戦に次ぐ連戦となる。そのため、3月に入ったらすぐに、実戦的な練習に取り組むようにしているのだ。

北照のキャッチボール

複数人で行うのが北照流

シーズン中の練習では、アップの後にキャッチボールを行う。その際、最初は上村コーチが考えたドリル（両膝をついてお互いに正面を向いて短い距離を投げ合う、ケンケンをしてから投げるなど）を行ってから、通常のキャッチボールに入っていく。

キャッチボールは徐々に距離を伸ばしていき、遠投を行った後に60ｍほどの距離でワンバウンド送球、その後距離を40～45ｍに詰めてダイレクト送球（ノーバウンド送球）、さらに塁間で強く全力送球、最後は塁間よりやや短い距離でのクイックスローで終わる。

うちのキャッチボールは、できるだけ4人一組か6人一組で行うようにしている。これは、スペースと時間の効率を高めるのが狙いなだけではなく、1対1より複数でやったほうが流れる動きの中で、より実戦的な投げ方を覚えられるからである。室内練習場でキャッチボールをする際にも、そのような人数の組み合わせでいつも行っている。

複数人でのキャッチボールは、1対1のキャッチボールよりも時間を長くかけるので、ひとり当たりの球数が減ることはない。動きながら「捕る、投げる」という動作が続くため、より実戦的で正確かつスピーディーな動きを身につけることができる。

複数人の班の組み合わせはバッテリー同士、内野手同士、外野手同士などに分けたり、中継プレーを意識して内野と外野を組み合わせて行ったりすることもある。内野手は外野手の送球の軌道やクセといった特徴を知っておく必要があり、そのためにも内野と外野の組み合わせのキャッチボールは有効なのだ。

キャッチボールの基本として、私が選手たちにいつも言っているのは、

「止まって捕らない」

「どちらかの足を前に出して捕る」

「グラブの芯で捕って、いい音を出す」

この3つである。以前は「ここに手を挙げて」とか「ここに足を踏み出して」などと、かなり事細かく指導をしていたが、いまではよほど動きが悪くない限り、細かい指導は行わなくなった（その代わり、ほかのコーチ陣が細かく指導してくれている）。動きの悪い選手には、別メニューのドリルを与えて改善することもある。

また、キャッチボールをする相手との間にロープを真っ直ぐに置いたり、あるいは線を引

いたりして、シュート回転の送球が行かないように意識するためのキャッチボールもたまに行っている。この場合、送球の軌道が途中でロープを交差するように、対角線上に行くのが理想である。

内野手が一塁に送球する際、ボールがシュート回転すると、ファースト（右利き）はとても捕りづらく、エラーする可能性が高まる。あるいは、シュート回転の悪送球によって、捕球したファーストと相手走者が交錯してケガをしてしまうことにもなりかねない。そういったエラーやケガを避けるためにも、内野手にはシュート回転の送球をしないように常日頃から言い続け、その可能性を少しでも低く抑えるために、このようなやり方のキャッチボールも行っているのだ。

バッティングの基本

前で〝割れ〟を作る

プロ野球やメジャーリーグの長距離ヒッターは、インパクトの後、重心が後ろ足（右バッターなら右足）に残っているバッターが多い。これは、バッティングにおける〝割れ〟の段階から、後ろ足に重心が置かれているからである。だが、この重心でスイングをすると体が開きやすくなってしまうので、うちでは後ろ足に重心を置くバッティングはあまり勧めていない。

本校のバッティング指導では〝割れ〟で重心を後ろに残すのではなく「前で〝割れ〟を作れ」と言っている。重心の置き方を感覚的に表現すると「前足6：後ろ足4」くらいのイメージである。

ピッチャーのモーションに合わせてタイミングを取り、肩を開かない（自分の胸を投手に見せない）ようにして前で〝割れ〟を作る。前足にやや重心がかかっているため踏み込みも強くなり、そのぶん打球の勢いも増す。

インサイドアウトのスイングでバットを振れば、自然とインパクトの瞬間は腕が畳まれた状態となる。インパクトの後は腕を伸ばしながら、うちでは「肩甲骨を出せ」と指導している。極端に言えば、背中が丸まった状態にするのである。バッティングにおいて、肩甲骨の使い方を意識するのはとても重要だ。低めのボールを前で打とうとすると、肩甲骨が自然に出て背中が丸くなる。うちでは、ティーバッティングなどでこの肩甲骨の動き、使い方を覚えてもらうようにしている。

前で〝割れ〟を作れるようになると、変化球も前で拾えるようになる。また、速球に差し込まれることも少なくなり、ストレートにも変化球にも対応ができる。このように、うちでは「前で打つ」＝「前で〝割れ〟を作ってボールをさばく」が基本である。

弓道は矢を引いて放っているように見えるが、実は矢をつかんだ手は動いておらず、弓本体を前方に押し出すようにして弦を張る。先述した「前で〝割れ〟を作る」も、弓を放つときのバランスとまったく同じだ。

近年、メジャーリーグ発祥の「フライボール革命」により、打球速度98マイル（約158キロ）以上のとき、打球の角度が26～30度だともっとも高い確率で長打やホームランになることがわかった。以来、メジャーはもちろん、プロ野球でもアッパー気味のスイングの選手をよく見かけるようになった。私は、本人に合っていれば高校生でもこのスイングでいいと思っている。ただ、やはりスイングの基本はレベルスイングである。うちでは「ボールの軌道にバットを入れて、センター返し」を徹底している。

ここまでご説明してきたように、基本は徹底しながらも、私は選手それぞれに「上から叩くように」「レベルスイングで」「やや下から打つような感じで」などと言い方を変え、その選手にとってどのような伝え方をするのが一番いいか（良いスイングになるか）を常に考えながら指導している。

もちろん、新たな考えや知識を得たことによって、それ以前とは異なる指導をする場合もある。名将と呼ばれる先輩監督方に「指導法が変わってもいいものなのでしょうか」と聞くと「変わっていいと思うよ」とみなさん言ってくださる。これからも、選手の成長を阻害するような指導だけはしないように気をつけつつ、最新の理論や技法を学び、選手一人ひとりに合った指導を心掛けていくつもりである。

低反発バットを振りやすくするために

前項で述べたが、スイングの基本はインサイドアウトである。しかし、うちの選手でも遠くに飛ばそうとするあまり、ドアスイング気味になっている者が結構いる。そういった選手には、インサイドアウトのスイングを覚えてもらうために「始動は下半身から。その後、上半身が動き始める。バットは、トップの位置からグリップエンドがまず先に出てくる。そこからボールの内側を捉えるイメージでスイングするように」と伝えている。

2024年から導入された新基準の低反発バットも、インサイドアウトのスイングがしっかりできていないと打球がまったく飛ばない。2024年の夏の大会前は、低反発バットに慣れるために、練習でいつもは使っていたほかのバット（長尺バット、ショートバット、マスコットバット、木製バット、竹バットなど）は選手たちに一切使わせなかった。

低反発バットの重心は、ミドルバランス（重心がバットの中心）のものが多い。だから、以前の金属バットでトップバランス（重心がバッドのヘッド寄り）を使っていたバッターは、低反発バットを使うと打っている感触が違うので、まったく飛ばなくなってしまう。

以前は、バッティング練習で木製バットや竹バットを使うことも多かった。木製バットは金属バットとは違い、芯でしっかりボールを捉えないと打球が飛ばない。しかし、低反発バットはその木製バットよりも打球の飛距離が出ない。ならば、選手たちには徹底的に低反発バットを振って、慣れてもらうしかない。だから2024年の春から夏は、あらゆる練習を低反発バットだけを使って行った。

かつての金属バットだと、うちの選手たちは長さ83センチがメインだった。だが、83センチの低反発バットだとバットの重心が手元に近く、大げさに言えば棍棒を振っているようでスイングしづらい。だからうちでは、85〜86センチの長めの低反発バットを選手たちに使わせるようにしている。この長さがあれば、遠心力を使いヘッドを利かせて打つことができる。ただ、パワーがないと85～86センチのバットは振り切れないので、振れない選手には短く持って打たせている（83センチの低反発バットは極力使わないようにしている）。

低反発バットは、打ち上げると打球が伸びない。だから、バッターの基本は「低い打球＝ライナー」を打つことに集約される。以前のバットならば「柵越えだな」と思ったような当たりでも、低反発バットだとフェンス前で失速して、ただの外野フライになってしまうことが多々ある。得点力を上げるならば、フライよりも外野手の間を抜けるようなライナーを打つ。低反発バットの攻略は、これに尽きると思う。

また、低反発バットの導入前から、うちではバッターの鉄則として「高めを狙う」ことを徹底している。目付けを高めに設定して、それが変化球であっても高めならしっかり振っていく。ただ、高めに来たボールを打つと、フライになる確率も高くなる。そのため、普段のバッティング練習から「高めのボールを打ち上げない＝ライナー性の当たりを打つ」ことを意識して取り組んでいる。

守備の基本はいろいろとあるけれど
型にはめず、一人ひとりに合った指導を

守備の基本練習として、キャッチボールの合間にゴロ捕球練習をしたり、冬の間は室内練習場でハンドリング（逆シングルやシングルキャッチの感覚をつかむ）の練習を、ポジション別に行ったりする。

北海道の公式戦は基本的に土のグラウンドで行われるため、低い姿勢で捕るのは基本中の基本だ。そして、ゴロを捕球するときの守備の基本は「グラブは下から上」である。だが、指導者によっては「ゴロが来る前からグラブを下げておきなさい」と教えている人もいるし「ゴロが来てからグラブを下げなさい」と言う人もいる。私は野球の指導において、選手を型にはめるような教え方だけはしたくない（選手の成長を阻害することになりかねない）ので、その選手にもっともふさわしいアドバイスを送るようにしている。

昔は、内野手（右利き）が捕って投げるときは「投げる方向に向かって右足の内側を正対するように出して、その後左足をステップする」と指導していた。でも、その教え方だと右

足ばかりに意識が行ってしまい、左足が投げる方向にしっかり出ず、体が開いた状態で送球する選手がたまに出てくるようになった。そのため、私は言い方を換えて「右足を出す前（捕球した瞬間）に、左足でしっかり投げる方向に踏み切れ」と伝えるようにした。この動作を覚えるには、キャッチボールのときに「捕球した瞬間に左足で踏み切る」感覚をつかむことが大切だ。

この一連の動作を体で覚えてもらうために「捕る、投げるをセットにしろ」と選手たちには普段から言い続けている。捕る、投げるを分けて考えず「捕って投げる」をワンセットとして考えるのだ。このような動作を普段のキャッチボールから続けていると、自然とゴロ捕球の動作にもスムーズに入れるようになる。

自分に向かってくるゴロへの合わせ方として「ゴロの右側から入りなさい」という教え方もよく耳にする。私ももちろんそれが基本だとは思うが、それればかり言っていると選手は右から入ることだけを意識してしまうので、私は何が何でも「右から入れ」とは教えていない。

いまはYouTubeなどのＳＮＳで、プロ野球選手や元プロのゴロ捕球解説動画がいくらでも見られる時代である。うちの選手たちの中にも、そのような動画を見て学んでいる者も結構いる。そういった環境で幼い頃からみんな育っているので、いまの子たちは逆シングルで捕るのも総じて技術が高い。私の幼い頃は「ゴロは体で止めろ」という時代で、逆シングルで捕るのは悪い捕り方、手を抜いた捕り方だと見なされていた。だから、うちの選手たちが逆シングルで上手にゴロを処理するのを見ていると「時代も変わったもんだなぁ」とつくづく感じる。

捕球時のファンブルをできるだけ減らすために「グラブの面を打球方向にずっと向けておく」ということも大事である。捕球するためにグラブを下から上に上げるとき、面を上に向けてしまうからボールが浮き上がり、結果としてファンブルが生まれる。それを防ぐためにも「常にグラブの面を打球に向けておく」と心掛けることが重要なのだ。

キャッチャーもファーストも、捕球時は「グラブの面を投球・送球に見せるように意識する」ことが大切だ。とくに逆シングルで捕る場合、これは鉄則である。

グラブの面を意識して捕球するための、板状の練習用器具が売られている。この器具を使うと、投げるほうの手もグラブにしっかり添えていないと捕球ができない。利き手の意識を高める意味でもこの器具は有効で、うちでも内野手の練習でよく使用している。

また、選手たちのグラブの使い方を見ていて近年気づいたことなのだが、いまの子たちは「握る」という動作をするとき、親指は使わずにそのほかの４本の指だけを閉じようとするタイプが多い。木登りや鉄棒、雲梯(うんてい)などで遊ぶ機会が減ったからそうなったのか、確かな理由はわからないが、親指をうまく使えない子が確実に増えている。

部室や寮の掃除風景を見ていても、雑巾をうまく絞れない子が意外と多い。だから、ほとんどの選手のグローブの使い方も、捕球をする際に親指は使わず、そのほかの4本の指で握ろうとする。だから、私は「親指も使ってしっかり握るように（手を握ったとき、親指が4本指の外側に来るように握る）」とも指導している。

ピッチャーの指導は上から押しつけず、柔軟に

うちでは、ピッチャーの指導に関しては、基本的に大河部長に一任している。「肩が入りすぎている」「体が開いてしまっている」など、どうしても気になる部分があれば大河部長に「どう思う？」とまずは相談する。打ち方、捕り方に個性があるように、投げ方も個性のひとつである。昔は「こういう投げ方はダメ」という既成概念に囚われた指導が主流だったが、いまはそんな時代ではない。だから私たちも柔軟に対応、指導するように努めている。

本書でご説明してきたように、私は「選手をよくしてあげよう」と思って教えていることが、必ずしも選手の成長にはつながっていないと気づいた。だから、上から押しつけるような指導はせず選手に寄り添い、その成長のサポートができるように最善を尽くす。これが、うちのスタッフの基本的な指導方針である。

以前、うちにアンダースローのピッチャーがいた。彼は中学時代からずっとアンダースローという近年では珍しいタイプだった。しかも彼はアンダースローなのに、そこそこ球が速く、球威のあるピッチャーを目指していた。でも、アンダースローのピッチャーに求められているのは球威ではなく、多彩な変化球を用いる緩急をつけたピッチングである。ただ、そうはいっても、私にはアンダースローのピッチャーの指導はできない。そこで私は、日本製鉄かずさマジックに彼を連れて行き、練習見学をさせていただいた（うちのOBが日本製鉄かずさマジックにいたので、紹介してもらった）。

日本製鉄かずさマジックには、何人かアンダースローのピッチャーがいたので、うちのアンダースローのピッチャーも一緒に練習させていただいた。あまり言葉では伝わらない、アンダースロー特有の感覚的なものを教えてもらい、彼もとても喜んでいた。そして、北海道に戻ってきてからの彼は、ピッチングが格段に良くなった（緩急をつけたピッチングができるようになった）。

どんなピッチャーにも共通して求めているのは「コントロールを良くする」ことである。コントロールを良くするには、指先の感覚を磨くこともとても大切だ。だから私は、両膝をついて10ｍくらい先に置いたカゴにボールを投げ入れる練習をさせている。

コントロールを良くするのは感覚の世界の話であり、それを言葉で説明するのは非常に難しい。でも、私はコントロールを磨くための練習方法に関しては、選手に教えてあげることができる。ピッチャーのコントロールを良くしたいがために、肘の角度や手首の使い方などを細かく指導し始めたら、ピッチャーは投げることを頭で考えるようになり、下手をするとイップスになってしまうかもしれない。私は決してそんな選手を生み出したくはないので、細心の注意を払いながらいつも指導を行っている。

投げるボールが速いだけでは、エースにはなれない。これは、選手たちにいつも言っていることなのだが「エース」と「４番」はチームのみんなに信頼されるような選手でなければならない。そのためには、チームの誰よりも努力をする必要がある。とくに、エースには高いレベルのことを求めたいので「体力、野球の技術、野球の知識だけではなく、学校の勉強も含めてなんでもチーム・ナンバー１を目指しなさい」と言っている。

ピッチャーを変則に変える理由
どういう投手が変則に向いているのか？

2018年夏、変則左腕のエース・原田桂吾は、私たちを5年ぶりの甲子園へと導いてくれた。実は彼はその年の春の大会までオーバースローで投げており、球速も140キロ超のいわゆる〝本格派〟のピッチャーだった。

第1章でお話ししたように、私たちは春の大会では目標だったベスト4進出を成し遂げた。原田もいいピッチングをしてくれていたのだが、彼はアーム投げで体が開きがちなクセがあった。この投げ方だとバッターからボールが見やすく、来る夏の大会でうちが勝ち上がっていくのはちょっと難しいと私は思っていた。

「原田の投球フォームを修正しなければ……」と考えていた矢先、国際武道大の岩井美樹監督にお会いする機会があったので、原田のことを相談してみた。すると、岩井監督は「そういうタイプのピッチャーは、サイドスローにするといいよ」と教えてくれた。

さすが、40年以上大学野球界に携わり、監督として歴代最多の700勝を超える勝利数を記録している岩井監督である。私のような若輩者とは、見る目がまったく違う。私には原田をサイドスローにするという発想はまったくなかった。岩井監督の助言を受けて、私は早速原田のサイドスロー転向に取り組むことにした。

原田は筋力があり、体幹も強かった。サイドスローにしたところ、体が開きがちだったフォームは修正され、バッターからボールが見づらくなった。私たちが2018年に5年ぶりの甲子園に行けたのは、短期間でサイドスローを身につけてくれた原田のおかげである。

最近では、原田のように「下げて投げたほうが彼の長所が生きる」と思ったピッチャー、あるいは適性があると判断したピッチャーに限り、サイドスローやアンダースローを勧めている。原田はうちを卒業後、国際武道大に進み（大学では最多勝を記録したこともある）、いまは社会人の日立製作所でピッチャーを続けている。

2019年の甲子園出場時のエースだった桃枝丈は、2年夏までオーバースローで投げていた。ストレートは130キロ台中盤という感じで、私としては「本当はもっと速い球が投げられるはずなのに」とずっと思っていた。

2年秋の新チームとなったとき、私は桃枝に「ちょっと下げて投げてみたらどうだ」と提案した。最初はサイドスローで投げていたのだが、彼の腰の回転がサイドスローよりもちょっと上から投げるほうが合っているように感じたので、スリークォーターで投げさせてみた。するとこの投げ方が、彼にはピタリとはまった。投げる腕を10センチ程度下げただけで、ストレートは142~3キロは出るようになった。たった10センチで6~7キロも球速が変わるのだから「肩と肘のバランスというのは繊細だな」と改めて気づかされた。

ピッチャーのモーションは繊細なものなので、オーバースローをサイドスローにするような大掛かりな投げ方の変更に関して、指導者は十分に配慮しなければならない。だから、無理にオーバースローの投げ方を下げさせる必要はないと思う。私がここで挙げたふたりのように、変則ピッチャーへと転向させるのは、オーバースローで伸び悩んでいるピッチャーだけである。そして変則にしたときに、腰の回転と腕の振り方が合っているかどうか。一番大事にしなければならないのは「ピッチャーがケガなく、スムーズなフォームで投げられる」ことだと思う。

北照の野球

「北の機動破壊」を目指して

かつての北海道の高校野球は「打って、投げて、走って」の、ひと言でいえば大雑把な野球だった。そして、私は北照のコーチとなってからずっと、そんな大雑把な野球の隙を突いていけば、うちにも勝機が見えてくると考えていた。

香田監督率いる駒大苫小牧が２０００年代に黄金期を築いたのは、まさにその隙を突く武器（戦い方）を徹底的に鍛えたからである。

たとえば、相手ピッチャーが超高校級だったとしても、球数を放らせれば疲れてきて球威が落ちる。そのためにはどうしたらいいのか、何をすべきなのかを突き詰める。セーフティーバントで揺さぶってもいいだろうし、出塁したらリードを大きく取って牽制球をできる限り多く投げさせてもいいだろう。戦術を駆使して相手に精神的なプレッシャーをかけ、ひとつでも先の塁を狙い、得点を重ねていく。そういった「細かい野球」の意識が、北海道の野球にはあまりなかった。

第3章でご紹介したように、私が葛原先生に教えを乞うたのは、野球の深い部分をもっと突き詰めていきたいと思ったからだ。「機動破壊」を世に知らしめた葛原先生に、走塁の極意を教えていただきたい気持ちはもちろんあった。だが、それ以上に、私は葛原先生から野球の本質と奥深さを学びたかったのだ。

葛原先生の「機動破壊」は、盗塁だけに限った戦術ではない。「盗塁するぞ、するぞ」と相手に思わせて疲弊させる。そして、ストレートが来たらそれを逃さず打つ。少しずつ、静かに、相手のテリトリーを侵食していき、最後には勝つ。そんな野球の奥深さをグラウンドで表現できれば最高である。

ジャッカル、ブルドッグなど特殊な戦術だけでなく、指揮官としての考え方、戦略、采配、試合を大局的に捉えてポイントを見出していく術なども、いま葛原先生から教わっているところだ。実際に練習試合でベンチに入って采配を振っていただき、試合のどこにポイントがあるのか、それぞれの局面でどう対応していけばいいのかを教えていただいたこともある。

選手たちも葛原先生の教えを受けて、野球に取り組む意識、姿勢がだいぶ変わり、他チームの監督さんやマスコミの方々から「走塁が変わった」とか「戦い方が変わった」と言われることもある。私から見ても、チームとして組織的に動けるようになったとはっきり言える。

選手たちの野球脳が高められて、隙を突く野球ができるようになってきた。隙を突く練習をすれば、こちらが隙を突かれることも少なくなる。葛原先生に教えていただいた効果は計り知れず、感謝をどれほどしてもしきれない。

第5章

「心技体」+「医」+「科」、5つの分野からアプローチ

「心技体」に「医」と「科」をプラスして、常勝軍団を目指す

私は監督に就任する以前から、選手たちのメンタルと技術、体力の「心技体」がバランスよく備わってこそ、チームは強くなると思っていた。そして監督になった際、その3つのバランスに加え、トレーナーや医師といった専門家から話を聞くことも必要だと考えて「医」を加えた4つの関係性を向上させるべく、専門家の意見を積極的に取り入れるようにした。

本章の冒頭でご紹介した、ストレングスコーチの芳賀さんには週1回来ていただき、選手たちのフィジカル面をチェックしてもらっている。また、札幌のスポキチクリニックの伊藤雄人先生にチームドクターになってもらい、何かあれば伊藤先生のところに行って診てもらうようにしている。

学食の料理を作る担当者とも密にコミュニケーションを取り、選手たちの健康を保って、なおかつ体を大きくするためのメニュー開発をしていただいている。技術面ではＯＢである元プロに協力してもらい、個々の技術強化に努めてもいる。

肝心のメンタルに関しては、不定期だがメンタルトレーナーに年に数回来てもらい（Zoomなどを使うときもある）、メンタルトレーニングの講習もしてもらっている。その際、選手個々と面談、カウンセリングもしてもらうのだが、この効果は絶大である。

私たち指導陣には言えないようなことも、メンタルトレーナーがうまく選手から聞き出してくれる。私が選手たちの話を聞くと「つまりはこういうことが言いたいんだろ？」と先に結論や答えを言ってしまいがちだ。でも、そのような対応の仕方では選手の本音は引き出せない。選手と私の間の橋渡し役ともいえるメンタルトレーナーの存在は、チームにとって大変貴重である。

私自身は選手のメンタルを強くするために、特段意識していることはない。選手に厳しく接したからといって、その選手が強くなるとも限らないし、そもそも最近は選手に厳しく接することと自体がかなり減った。ただ、選手に納得してもらうことはとても重要だと考えている。納得していない選手に、無理矢理練習に取り組ませるようなことはしたくない。また、そのような状態で仮に練習したとしても、選手の身になることはひとつもないだろう。

「心技体」＋「医」で、私たちが野球に取り組んでいることをご説明してきたが、ここにあえてもうひとつ加えるとすれば、科学の「科」となるだろう。「心技体」＋「医」＋「科」

である。本書でお話ししたように、いまは選手たちの走攻守におけるデータを集めて分析し、それをチーム力の向上につなげている。さらに、ラプソードなどの機器を使って、選手のさらなる可能性を探ったりもしている。このように、多彩なアプローチでチームを運営していくことが、いまの時代はもっとも求められているのではないだろうか。

メンタルビジョントレーニングで視野を広げ、ボールの見極めを良くする

2018年の甲子園に行ったメンバーの中に、アウトコースのボールの見極めができず、見逃し三振をしたり、アウトローに来た変化球（ボール球）を振ってしまったりする選手がいた（2年生の頃からそうだった）。

その選手の打席での動きを観察していると、頭を動かして投球を追ったり、アウトコースの際どいコースを見極めようと、覗き込むような姿勢になったりしていることに気づいた。

私は、一連の動きの原因は技術ではなく、目にあるのではないかと考えた。

2018年の春季キャンプで関東に行った際、東海大浦安（大河部長の母校）と試合をし

た。そのとき、これは本当に偶然なのだが、メンタルビジョントレーニングのトレーナーである野口信吾さん（大河部長の高校時代の先輩にあたる）と知り合った。私は先述した選手のこともあり、メンタルビジョントレーニングに非常に興味があったので「機会があればぜひ小樽に来てください」とお願いした。

その後、ほどなくして野口さんが小樽に来て、選手たちにメンタルビジョントレーニングの指導をしてくれた。

トレーニングの内容は、

・左右、上下、斜め上下に広げた両手の親指に素早く焦点を合わせる（左右交互に）
・紙の中心に描かれたマークに焦点を合わせて、その周辺の文字を読み取る
・同時に投げられたふたつのボールを捕る

などである。

人間は、1点だけに集中して見ようとすると肩に力が入り、視野が狭くなる。先ほど話した選手が投球を頭で追ってしまうのは、眼球が動きづらく、視野も狭いためにそのような状態になっていたのだろう。

メンタルビジョントレーニングを重ねて、その選手もそうだがほかの選手たちも際どいコ

ースに来たボールの見極めが良くなった。頭を動かさずに目だけでボールを追えるようになっただけでなく、視野も広くなった。

1点を見つめながらも、その周囲まで把握できるようになれば、打席でのボールの見え方も劇的に変わる。そうすると自然に打つ姿勢もリラックスした状態となり、ボールの見極めがさらに利くようになっていく。目の能力を鍛えることで、打席に臨むバッターの精神状態も良くなるのは驚きでもあった。

高校野球はどうしても、打つ、投げる、捕るといった技術練習に偏りがちだ。しかし、私が〝新しいもの好き〟なのもあって、気になるトレーニング方法や理論があればまずは試してみて、効果があったものは継続するようにしている。このように、動きの基本となる身体各部位の使い方を意識したトレーニングを行っていることが、本校の強みでもあるのだ。

北照のセオリーと共通野球言語

試合中、フォアボールやデッドボールで出塁する際、一塁線のラインに沿ってバットを置

くのが北照のセオリーだと第3章でお話しした。そのほかにも、試合中のうちの決まり事はいくつもある。ざっと挙げると、

・フライを打ったら一塁まで5秒以内で走り、二塁を狙う（全力疾走すると、大体の選手が一塁まで4秒台前半で走れる。5秒を超えるということは、フライで走るのをあきらめたか、手抜きをしたということ。また、全力疾走は相手守備へのプレッシャーにもなるし、フライが落ちたら二塁も取れる。どんな場面でも最後まであきらめず、決めたことを感情に流されずにやりきることが大切）
・2アウト・ランナー二塁で、内野ゴロだったら二塁ランナーはホームまで走る（エラーの際、得点に結びつけるため）
・野手はピッチャーに背を向けない（常にボールを見て、どんなことにも対応できる準備をしておく）
・ベンチから自分のポジションまで全力疾走
・ファウルグラウンドを通って守備位置に行く（内野を突っ切ってショートカットしない）
・内野手の守備位置周辺の土は手でならす（足でならすと雑になるから）
・守備位置についたら風、太陽の位置、バッターの打順を確認

・バッターはアウトになったら、すぐにベンチに帰ってくる（三振しても。切り替えを早く）
・ピッチャーも常に全力疾走（バッターのとき、2アウトでフライを打ち上げたとしても）

これ以外にも細かい決まり事はあるのだが、とりあえず主だったものを挙げてみた。野手だけでなく、ピッチャーにも全力疾走を求めるのは、体のキレを保つためにも常に全力のほうがいいからだ。心身のどこかを緩めると、そのほかの箇所も気づかぬうちに緩んできたりする。試合中は、そのような緩んだ状態をできる限り避けたい。そういった意味で、全員に全力疾走を求めているのだ。

また、これは決まり事とはちょっと違うが、私たちだけにしか通じない、独自の「共通野球言語」がある。まず、図1を見ていただきたい。

このようにボールの各場所に番号をつけて、チーム内で意思統一を図っている。これをもとに、練習中や試合中に選手たちに「1番を打て」などと指示を出す。

たとえば、右バッターに逆方向に打たせたいなら「4番を打て」と伝える。すると、右バッターはインサイドアウトのスイングで、ボールの内側を打とうとするのでセカンド方向への打球になる。

この要領でゴロを打たせたいなら「1番」、外野フライなら「3番」、ライナーなら「2

番」、左バッターに引っ張らせたいなら「4番」などと、番号でバッターに指示を出している。

試合中に指導者が「ゴロを打て」と言うだけでは、選手も「どうやってゴロを打てばいいの？」となる。しかし「1番を打て」と言えば、選手は自分がどういうスイングをすればいいのか、どこを打てばいいのかがイメージしやすい。「ゴロを打て」「フライを打て」とだけ選手に言い、それができなければ怒鳴り散らす指導者も見かける。でも、私から見るとそのような指導者は、自分の手抜き、指導の至らなさを棚に上げて、選手のせいにしているだけのように映る。「ゴロを打て」よりも「1番を打て」のほうが具体的で選手にはわかりやすいし、より実践的である。

ランナー三塁のときの「ゴロゴー」も、バッターには当然「1番を打て」という指示になる。何も考えて

図1

いないバッターは簡単にポップフライを打ち上げたりするので、そうならないように私は常に番号で打つ場所の指示を出すようにしている。試合中に各選手がすぐに理解して動けるよう、普段の練習（ティーバッティングなど）のときから番号を意識してスイングさせることも重要だ。

試合で打たれたピッチャーをあえて走らせる意味

私は練習試合などで打ち込まれたピッチャーに対して、試合後にある程度の距離を走らせることがある。これは、決して「罰走」という意味ではなく、走りながら試合を振り返り、いろいろと考えてほしいからだ。私は負けた後のペナルティ的な練習は意味がない、効果がないと考えている。連帯責任として、チームの全員を走らせたりするのもナンセンスだ。「自分は何のために走っているのか？」を理解して走らなければ、せっかくの練習も意味をなさなくなってしまう。

調子の悪いときは、技術的なメカニズムがおかしくなっている場合と、体のコンディショニングがうまくいっていない場合がある。私の経験からいえば、ほとんどの選手が「コンディション不良」によって調子を落としている。だが、コンディション不良にも、休ませたほうがいい場合もあれば、ある程度の練習をさせたほうがいい場合もある。そのあたりの見極めは、指導者がしっかりとしていかなければならない。

「連帯責任として、チームの全員を走らせたりするのもナンセンス」と先に述べたが、これはときと場合によっては必要だとも思っている。うちでも「みんなの気持ちを揃えたい」とか「一体感を取り戻してもらいたい」と私が感じたときは、チーム全員にそれなりに負荷のかかるメニューをやらせることもある。

2019年の選手たちに対して、3部練習で1日10～30キロを走らせたのは、動きにキレを出してほしいという狙いとともに、彼らに自信を持たせたかったからだ。エースの桃枝を筆頭に、チームに「俺たちはこれだけやったんだから、負けるわけがない」という自信の裏づけを持ってもらいたかった。このように、選手たちの心身両面の成長を願って、あえて厳しい練習に取り組ませることは決して無駄ではないと思う。

最近は、2019年のように頻繁に長距離走を走らせることはしなくなった。でも、たまにロードに出たりすることはある。ロードのコースは学校からJR函館本線の塩谷駅までの往復12キロ。シーズンオフの室内練習場では、たまに15分間走を行う。

また、北照の名物トレーニングとして小樽市内の水天宮で行う「階段ダッシュ」がある。これは私の現役時代から脈々と続く（一時期やらなくなっていたが、私が指導者となってから復活させた）伝統メニューであり、１２３段の階段ダッシュを15本行うという過酷な内容だ。毎年、秋の大会が終わって、冬が来るまでの間の屋外体力強化トレーニングとして取り入れられている。水天宮の周囲は紅葉が美しく、階段を上った先の境内からは小樽市街と海を一望できるので、読者のみなさんが小樽に訪れた際には、ぜひ立ち寄っていただきたい絶景スポットなのだが、やっている選手たちに景色を楽しんでいる余裕はまったくない。

力負けしないために、体を大きくしてパワーをつける

以前の北照は、シーズンオフにウェイトトレーニングなどは一切行わず、オリジナルのトレーニングで動作的課題の解決を図っていた。しかし、私が部長となって以降、野球部の選手たちを見ていると、ほかの強豪校の選手に比べて体の線の細さが気になった。試合でも

「力負けしているな」と感じることが多々あった。

そこで私は監督となってから、食べて体を大きくする「食育」を推進するのと同時に、これまでやっていなかったウェイトトレーニングを積極的に取り入れることにした。線の細い選手を太く、さらに体の大きな選手がすばしっこく動けるようにしたかったのだ。だから最近は、かなりの比重でウェイトトレーニングに取り組んでいる。

ウェイトトレーニングは、校舎の1階にあるウェイトトレーニングルームで行っている。トレーニングはパワー系、スピード系などトレーナーの指示に従い、それぞれの選手が与えられたメニューをこなしている（自分の力の○%の重さを○回といった具合に）。トレーニングの種目や重さ、回数などはすべて記録して管理している。

トレーナーにお願いして、時期によってメニュー構成も変えてもらう。たとえば、シーズンオフのパワーをつけたい時期は重さを上げて、回数を減らす。大会直前は体のキレを良くしたいので、重さよりも回数、速さを重視する。こうしてメニュー構成に変化をつけることで、公式戦で選手たちの体調がピークになるよう努めている。

ウェイトトレーニングのメニューは、ビッグ3（ベンチプレス、スクワット、デッドリフト）が基本である。最近では肩甲骨を意識した肩甲骨のトレーニングなども行っている。

ウェイトトレーニングの記録は毎回つけて（ベンチプレス、スクワット、デッドリフトのMAX値）、選手個々の体重も毎朝計っている。最近の体重の目標値は「身長－95」にしている（身長170センチなら目標体重は75キロ）。

ただ、体重を増やすといっても、単にいっぱい食べて重くすればいいというわけではない。一番大事なのは除脂肪体重である。筋肉の量を上げて、体重を重くしたい。そのためにはどうしていけばいいのかを、私やトレーナーが選手それぞれにしっかり説明を行っていくことも大切だと思っている。

毎日のトレーニングの数値を記録するだけでなく、年に2回、握力や背筋力などの数値も計っている。このようなフィジカルチェックを行うのは、選手たちに自分の成長を実感してもらい、よりウェイトトレーニングに熱意を持って取り組んでほしいからだ。

体を大きくするには、睡眠も重要な役割を果たす。うちは夜の22時30分消灯にして、最低でも7～8時間は睡眠を取ってもらうようにしている。夜中の12時～2時は成長ホルモンが分泌されるゴールデンタイムといわれる。その時間帯に深い眠りに入っていられるよう、各自のスマホは就寝前に一括で集めるようにしている（就寝前にスマホを見ると、脳が活性化してしまうので）。

練習試合では遠征に出て、いろいろな環境を経験することも大切

練習試合の対戦校は、河上監督時代からお付き合いのある学校もあれば、私が監督になってから開拓したところもある。春季キャンプでは関東から関西にかけてあちこちの強豪校にお声がけして対戦していただいている。全国レベルの強豪校と対戦できるのは、生徒たちにとっても貴重な経験である。

６月、夏の大会前には北北海道のチームをメインに試合をする。２０２４年は初めて大会直前に青森山田と試合をした。例年、大会直前には旭川大などの旭川周辺のチームと試合をしていた。私が監督となってから、滝川西、旭川大、帯広農業と最終練習試合を行ってきたが、いずれもその後に北北海道を制して甲子園に出場した。２０２４年は先に挙げた青森山田と最終戦を行ったが、みなさんご存じのように、青森山田も甲子園出場を果たしてベスト４進出を遂げた。「北照が最終戦を行った相手は夏の甲子園に出場する」というジンクス（私が勝手に思っているだけだが）は継続中だ。

2024年に予定を組んだ対戦相手は、次のような感じである（荒天で中止になったものも含む）。

【2024年　オープン戦】

●春季キャンプ（19泊20日）

豊田大谷、杜若、三重・海星、浦和学院、千葉商大、市立松戸、東海大市原望洋、霞ケ浦、八千代松蔭、向上、桐蔭学園、市原中央、二松学舎大附、千葉黎明、習志野、東京学館、横浜、皇学館、国士舘、健大高崎、学法石川、花咲徳栄

●4月　鵡川、北広島、札幌第一、札幌南、札幌東、札幌国際大、青森山田、札幌新陽、東海大札幌、岩見沢東、駒大苫小牧

●5月　仙台大、仙台育英、一関学院、東海大札幌、八戸学院光星、北海道大谷室蘭、函館工業、青森山田、立命館慶祥、白樺学園、大麻、札幌清田

●6月　帯広大谷、帯広工業、札幌大谷、帯広三条、足寄、とわの森三愛、北海道大谷室蘭、北海道科学大、帯広農業、滝川西、札幌平岡、芦別、士別翔雲、苫小牧東、青森山田、旭川実業

●7月　札幌北
●8月　一関学院、横浜隼人、北星大附、三重・海星、札幌山の手、明秀日立、鵡川、帯広北、帯広農業、帯広大谷、苫小牧中央、函館中部、加茂暁星、旭川龍谷、大麻、旭川工業、札幌南、札幌大谷、帯広三条、札幌白石
●9月　とわの森三愛、札幌日大、札幌龍谷、旭川実業、函館有斗、士別翔雲
●10月　中京大中京、東邦、静内、苫小牧中央

春季キャンプのほか、遠征にはゴールデンウィークで東北にも行っている。夏の大会が終わってから、新チームが夏休みに大阪に遠征することもある。秋は泊まりがけでの遠征は行わない。本書で述べたが、四国や九州には上陸したことがないので、ぜひ一度行ってみたいと思っている。

練習試合（オープン戦）は基本的にＡＢの２チームがホームとビジターに分かれて行っている。４月～６月まではＡチームがビジターメイン、６月になると今度はＡチームがホームメインとなり、Ｂチームが遠征に出る。春から夏にかけてＡチームがビジターに出るのは、ホーム以外の環境でプレーすることにも慣れてもらいたいからである。対戦校のグラウンド

に入ったら土の状況、芝の状況、外野の広さ、ファウルグラウンドの広さなどをチェックさせる。イニングごとに守備についたら風、太陽の位置などをチェックするのも必須である。

秋の大会に向けて、新チームはホームメインで試合を行う。これは、試合の後にみっちり練習したいからだ。「鉄は熱いうちに打て」の言葉通り、試合で浮き彫りとなった課題の修正、強化に取り組むのは早ければ早いほどいい。

新入生を向かい入れた後の春から夏にかけて、うちは90人前後の大所帯となる。それでも練習試合では、なるべくひとりでも多くの選手に試合を経験してほしいので、代打でも守備だけでも出場できるようにうまくやりくりしている（とくにBチームは）。6月以降、Aチーム（ベンチ入りメンバーと3年生）はホームで試合をしながら大会に備えるが、それ以外の1・2年生はBチームとして極力外に出て試合をするように心掛けている。

6月にAチームの練習試合に全3年生を入れるのは、チームに一体感を出したいからである。選手は監督のコマではない。自分で考えて動ける選手の集合体が、本当のチームだ。個々がバラバラのチームで勝っても、意味がない。90人が気持ちを揃えて、同じ目標に向かってがんばることに意味がある。高校野球をみんなで最後までしっかりやり遂げてほしいという思いから、私は3年生全員とともに戦っているのだ。

卒業後の進路

選択肢をもっともっと増やしていくのが私の役目

本校では、入学時にすべての選手に対して卒業後の進路の希望調査を取っている。まず第1段階として、私はそこで選手一人ひとりの方向性（進学、就職など）を確認する。

その後、2年生の正月休み（12月末～1月上旬）に改めて希望調査を行う。ここでは、休み期間中に保護者と選手で進路を話し合い、その結果を用紙に記入して提出してもらっている。本校には関西など遠方から越境入学してきた選手も多く、三者面談をするとなると遠方に住んでいる保護者の方々は大変である。だから、選手たちが里帰りする正月休み期間中に話し合ってもらうようにしているのだ。

選手たちに対して「ここに行け、あそこに行け」というやり方はしない。本人の意向を尊重したうえで、私が選手の考え方や性格なども加味して、ふさわしい進路をアドバイスしている。

卒業しても野球を継続するのか、しないのか。希望の大学はあるのか。そのうえで野球をやるのであればその選手に合った大学を探し、教員免許を取得したいというのであれば、その科目に合わせて大学を選定したりもしている。

野球部の卒業生が30人いたとして、割合的には9割が4年制大学に進学、残りの1割が専門学校か就職といった具合だ。

4年制大学に進学する9割のうち、野球（硬式）を続けるのが6割くらい。そのほかの4割は野球を辞めてしまうというわけではなく、準硬式の野球部に所属したり、草野球をしたりしながら大学に通っている。私が無理に「ここに行って野球を続けろ」と言うことは絶対にしない。

後でご紹介するが、道内ではだいたい行く大学は決まっている。道外では東北、関東、関西の大学に進学することが多く、東都大学野球連盟所属の駒澤大や国士舘大、全日本大学野球選手権大会出場の常連である、国際武道大にも近年パイプが出来上がりつつある。

先述したように、私は選手の進路を考えるとき、本人の希望とその選手が希望大学で野球を継続できるか、大学卒業後の就職先も心配ないか、というところにもっとも重点を置いている。選手の考えをしっかり聞き、本人が一番がんばれるところ、一番力を発揮できるところに送り出してあげるのが私の務めだと思っている。

ここで、近年の卒業生の進路をご紹介したい。

●2017年　仙台大学、札幌学院大学、北海学園大学、星槎道都大学、東海大学札幌キャンパス、東海学園大学、帝塚山大学、専門学校、陸上自衛隊

●2018年　国際武道大学、横浜商科大学、奈良学園大学、八戸学院大学、北海学園大学、星槎道都大学、東海大学札幌キャンパス、旭川大学、大阪電気通信大学、大阪学院大学、大阪観光大学、太成学院大学、札幌大学、札幌大谷大学

●2019年　大正大学、八戸学院大学、阪南大学、大阪工業大学、大阪体育大学、北海学園大学、札幌国際大学、北洋大学、札幌学院大学、六花亭（軟式野球）

●2020年　八戸学院大学、仙台大学、追手門学院大学、阪南大学、北海学園大学、東京農業大学オホーツク、東海大学札幌キャンパス、札幌大学、札幌国際大学、（株）小鍛冶組

●2021年　仙台大学、城西大学、桐蔭横浜大学、国際武道大学、流通経済大学、専修大学、帝京平成大学、城西国際大学、びわこ成蹊大学、北海道文教大学、札幌国際大学、札幌学院大学、旭川大学

●2022年　北海道文教大学、札幌大学、北翔大学、札幌国際大学、大阪学院大学、専修

大学、帝京平成大学、四日市大学

●2023年

白鷗大学、仙台大学、帝京科学大学、北海道文教大学、星槎道都大学、東京農業大学オホーツク、札幌大谷大学、北翔大学、大阪電気通信大学、四日市大学、大阪経済法科大学

●2024年（予定）

中日ドラゴンズ、駒澤大学、国士舘大学、大正大学、国際武道大学、神奈川工科大学、日本大学理工学部、有明医療大学、大阪学院大学、東海大学札幌キャンパス、札幌学院大学、札幌国際大学、札幌大学、札幌大谷大学、（株）ヒーター（寺中特殊部隊）、航空自衛隊千歳

社会人野球や独立リーグに進んだ選手は、私が監督になってからはいない（クラブチームに進んだ選手はいる）。大学に進学して、知識を身につけたり、人としての幅を広げたりしてから社会に出ていったほうがいい。そのような私の考え、判断から、選手たちには大学進学を勧めることが多い。

近年は、大学で教員免許を取得したいという考えの選手も多く、実際に2024年はOB4人が教育実習で本校にやってきている。教員になりたい、指導者になりたいという生徒が

増えてきたのは、とてもいい流れだし、私としてもうれしい限りだ。

進路の選択肢が多く、プロにもコンスタントに選手が行くようになれば、それが北照野球部の魅力となって、力のある選手が集まってくれるようにもなる。本校を魅力ある学校にするためには、強いチームを作るのと同時に、出口（進路）をしっかりさせることがすべてだと思っている。いまはチームのスタッフ陣も固まってきて、私が理想とする組織が出来上がりつつある。あとは選手たちがその可能性をより広げていけるように、私がいままで以上に進路を開拓して選択肢を増やすだけである。

SINCE 1901

終章

北海道の高校野球と北照の未来

変わっていく高校野球にどう対応していくか

２０２０年の球数制限導入、２０２３年の延長10回からのタイブレーク制導入（それまでは13回からだった）、２０２４年の新基準のバット（低反発バット）導入、さらに夏の異常な暑さへの対応など、近年の高校野球はいろんな変化が起こっている。いずれも高校球児のために、あるいはこれからの高校野球界を考えた対応である。私は今後も、高校野球界を取り巻くさまざまなことが変わっていくと思っている。

時代とともに変わっていくルールや制度に対して、私がどうこう言っても何も始まらない。私としては、新しくできた決まりに臨機応変に対応していくだけだ。バットが替わってもそれに合わせたことをしていけばいいし、暑ければそれに向けた対策をしていけばいい。これまでと同様、私は柔軟な考え方と迅速な対応を心掛けていきたいと思う。

近年は、北海道も本州とほとんど変わらないような暑さになってきているものの、以前の北海道は涼しかったこともあり、熱中症対策はやや遅れていると言わざるを得ない。公式戦が行われる球場の本部席には基本的に冷房はなく、扇風機だけでやっている。これは球場に限った話ではなく、北海道には冷房のない学校はたくさんある。しかし、これからは北海道でも「冷房あり」が当たり前の時代になっていくのだろう。

最近の夏は、小樽でも35度を超える日があったりする。しかし、北海道の子どもたちは酷暑的環境で育ってきていないので、暑さに体が対応しきれず汗をかく前に倒れたり、急に倒れたりする子どもも多い。２０１８年夏の甲子園では、うちの選手で足をつる子が何人かいて、２０１９年も外野の選手が守備中に足をつった。大阪と北海道の暑さは質がまたちょっと異なるので（大阪のほうが湿度が高く、まとわりつくような暑さである）、北海道の夏対策を進めるのと同時に、甲子園に出たときのことも考えていろんなやり方を試していかなければならないと考えている（心技体すべての面での暑さ対策）。

本書で「かつての北海道の高校野球は、大雑把だった」というお話をしたが、近年は道内チームの監督さんの世代交代が進み、全体的に20〜30代の若い指導者が増えてきている（45歳の私もだいぶ上のほうになってきた）。若い指導者のみなさんは新たな戦術なども貪欲に取り入れているので、北海道の野球もいままでのような「一塁にランナーが出たら、必ずバントで送る」というオーソドックスなスタイルに変化が出てくるのではないだろうか。私たちは北照としての野球を追求、進化させつつ、そういった周囲の状況を見ながら、柔軟に対応していこうと思う。

北海道文教大附の中村亮太監督は30代と若いものの、千葉経済大附で部長を務めていた経験をお持ちだ。千葉経済大附とは以前練習試合をしたことがあるが、機動力を使ってくるチームだった。北海道文教大附もその流れを汲み、足を使っていろんなことを仕掛けてくる。いままで、北海道文教大附のような機動力野球をしてくるチームはあまりなかったので、今後要注意のチームのうちのひとつである。

北照の野球を確立するために

私は良くいえば「勉強家」、悪くいえば「新しいものにはすぐ飛びつく」質だ。だから、最新の野球理論やトレーニング法などがあればすぐに試したくなる。でも、その新たに導入したやり方にちょっと時間が経つと飽きてしまい、気づけばまた新しいものを探しているということがよくある。「野球をもっと知りたい」「選手たちに最高の環境を与えたい」と考えるからこそその行動でもあるのだが「もうちょっと一貫性を保つことも大切だな」と最近は思うようになった。

高い技術を選手たちに伝えようと、いまはOBの元プロ野球選手にもスタッフ入りしてもらっている。私から「これからの北照をこうしていきたい」という明確なビジョンをOBには伝え、納得してもらったうえで協力を仰いでいる。スタッフ間でのビジョンの共有こそが、組織力の根底を支えるためには欠かせないものだと思う。

スタッフ間で野球観が合っているか否かは、非常に重要な問題だ。いまの本校は大河部長と渡辺コーチ、さらに外部コーチのみなさんが一体となって「強い北照」を実現すべく、同じ志、同じ野球観を持ってチーム作りに当たっている。あとは軸である私がブレることとさえなければ、やがて「北照の野球」は確立されるだろう。そうすれば、常に甲子園を狙える位置にいる常勝軍団となれるはずだ。

2024年の春季キャンプで全国各地に赴いた際、強豪校の監督さんたちから「北照はいい野球をするね」とお褒めの言葉をたくさんいただいた。もちろん、社交辞令的な意味合いも多分に含まれた言葉だとは思うが「すごいね」「強いね」ともいろんな監督さんから言っていただき、私自身大きな自信となった。「北照」という名前が徐々に全国に知られるようになり、私たちの目指す「北照の野球」も認めてもらえるようになってきたと実感している。

私は、これからも選手たちと一緒に野球を学び続ける。戦術、戦略を駆使して、野球の奥深さをチームで体現していきたい。試合では選手たちが自立して動き、常に頭をフル回転させながら気づきのある野球をしていく。高校野球を目指す中学生たちに「北照に行けば野球を学べる」と思ってもらえるようになったら最高だ。

いま、私たちは2019年夏の出場以来、5年間甲子園から遠ざかっている。センバツ出場をかけた2024年の秋季大会も、全道大会の2回戦で夏の甲子園に出場していた札幌日大に敗北を喫した。４年以上間隔が空いてしまうと、甲子園を知らない世代が出てきてしまう。だから、最低でも3年に一度は甲子園に行きたい（もちろん、毎年出場は狙っていく）。そのためには、最大のライバルであり、目標でもある北海を筆頭に、２０２４年秋季大会を制した東海大札幌、さらには札幌日大、駒大苫小牧といった強豪校を倒さなければ私たちは甲子園には辿り着けない。３年に一度は甲子園に出場できる常勝軍団になるためにも、私は「北照の野球」を早く確立しなければならないと思っている。

北海道の高校野球は、現職の監督や部長が「審判」も行う

これは全国的にはあまり知られていないことなのだが、北海道の高校野球は監督や部長、コーチなどの指導者も大会の審判を担当している。そのほかにも、審判講習会や各支部での監督の集まりがあったり、少年野球教室で指導者が何人か集まったり、全道の指導者を対象にした講習会が定期的に開かれたりと、北海道は監督（指導者）同士の横のつながりがほかの都府県よりはあるように思う。

監督やコーチが大会の審判を務めるのは、ほかの都府県だと沖縄県がやっているくらいだ（北海道は春、夏、秋、すべての大会で審判を務める）。支部予選で負ければ、春と秋は全道大会、夏は南北海道大会・北北海道大会の審判を任されることもある。これは北海道高野連のシステムなので、どの学校も平等にやることになっている。私はいまでも、小樽支部予選で球審を務めたりもしている。ベテランの監督さんたちは、ほとんどの方が公式戦で球審をやったことがあるはずだ。中には、甲子園でジャッジしたことのある監督さんもいたりする。

審判は重責であるし、監督と審判の二足の草鞋は心身ともに「きついな」と思うことも確かにある（夏の大会などは選手たちの高校野球が「一球の判断」にかかってくるので、精神的にとくにきついし、緊張もする）。しかし、審判をやっていると野球がよく見えるようになるうえ、勉強にもなる。「野球マニア」な私からすると審判は学びの宝庫であり、やっていて面白い部分もある。

審判をしていると、最新のルールだけでなくマナーなども理解できる。それらの情報は監督として大いに参考になる。だからその都度、選手たちにもしっかり伝え、守らせるようにしている。

近年、何かと話題になるサイン盗みは、ルール上禁止されているにも関わらず、一向になくなる気配がない。私は「バレなければ何をしてもいい」「勝つためなら何をしてもいい」という考え方は大嫌いなので、うちでは選手たちに「サイン盗みは絶対にするな」と事あるごとに伝えている。

だが試合中に、相手チームの監督から「北照はサイン盗みをしている」といわれのない嫌疑をかけられたこともある。私たちが相手チームのエースである好投手を攻略したのが気に食わなかったのか、一度ならずも二度、三度と試合を中断されて、本当に嫌な思いをした（たぶん、そうやって嫌がらせをすることで、私たちに対して精神的な揺さぶりをかけたかったのだと思う）。「監督が知らないだけで、選手たちが勝手にやっているのではないか？」などと言われたりすることもあるが、うちではそれはないと断言できる。サイン盗みをしても、いいことは何ひとつない。

私は北照の監督として、選手たちに「サイン盗みは絶対にするな」と言い続けるしかないと思っている。また、バッテリーには「相手はサイン盗みをしていると思って、すぐに対処できるようにしておきなさい」とも伝えている。相手にサインを盗まれないよう、サインの送り方などをいろいろと考えるのは「考える野球」を実践していくうえで決して無駄なことではない。だから、私はキャッチャーたちにも「いろんな対処ができるようになれば、野球がもっと楽しくなってくるぞ」とよく話す。サイン盗みはいけないことだが、それを逆手に取って、自分たちの野球を磨くことはできるのだ。

2024年夏の準決勝敗退と2025年に向けての展望

2024年の夏は、エースナンバーを背負う右腕・田中太晟と左腕・高橋幸佑という左右のエースがいて失点が計算できたので、守りのほうは万全だった。攻撃面も機動力を生かした野球ができつつあり「どんな相手と試合をしても7－3くらいで勝てる」という自信を持って、私たちは夏の大会に臨んだ。

南北海道大会を勝ち抜いていくには、北海を筆頭に札幌日大、東海大札幌、駒大苫小牧といった強豪を倒さなければならない。大会前、私は札幌日大のエース左腕・小熊梓龍投手が、うちの高橋と同じく全国レベルにある要注意のピッチャーだと見ていた。「小熊投手を打てなければ、甲子園はない」とうちの選手たちにもずっと話していた。そして、その札幌日大と私たちは準決勝で当たり、高橋の好投むなしく0－1で、小熊投手に完封負けを喫することになった。
この試合では、序盤の2回と4回に、うちらしくない走塁ミスが起こった。選手たちもこの大一番の意味を感じて、相当なプレッシャーを感じていたのだろう。試合を通じて、選手たちの焦りや力みを和らげてあげるような声がけ、間合いを取るなどの対応が私自身、不足していたように思う。小熊投手にテンポよく投げられ、キレのあるスライダーで打ち取られた。「1点差の負けは監督の責任」とよく言われるが、この敗戦もまさしく私の責任である。高橋は、ベストピッチングを見せてくれた。野手もノーエラーでがんばってくれた。しかし、私の力が及ばず、向こうに行ってしまった流れをこちらに取り戻すことができなかった。負けてからしばらくは、近年ないほどに相当落ち込んだ。

その一方で、負けはしたもののベスト4進出を果たしたことで「いままでやってきたことは間違っていなかった」と確認することもできた。投手力を含めた「守り勝つ野球」の質を高め、攻撃力は「北の機動破壊」にさらなる磨きをかけていく。そうすれば2019年以来、6年ぶりとなる甲子園への道もきっと見えてくるはずである。

かつてはうちも大エースがいて、甲子園出場を成し遂げたが、いまはひとりのピッチャーに任せる時代ではない。勝ち上がっていくには、2024年のように最低でも計算できるふたりのピッチャーが必要だ。

来る2025年、野手の軸となるのは、夏の大会に2年生でレギュラーとして出場していたセカンドの須賀颯生とサードの鈴木遥翔だろう。投手陣では2年生の上野翔大、1年生の中谷嘉希と島田爽介の3人が期待の成長株である。中谷は2024年秋の全道大会の初戦でMAX147キロを連発した。しかしいずれのピッチャーも右投げのため、ここに左が1枚欲しい。そこで左腕の1年生、中野麻斗が出てきてくれれば、投手陣もある程度計算が立つようになる。中野は、2024年の左のエースだった高橋の1年生だった頃に、とてもよく似ている。いまはまだ線が細いが、高橋のように自覚を持って野球に打ち込んでくれるようになれば、3年生になる頃には150キロ超えも決して夢ではないと思っている。

2025年に向けて、チームを引っ張っていくのは新キャプテンである屋冨祖駿汰だ。彼は2024年の夏の大会でベンチ入りはしていないものの、誰よりもチームを応援し、自ら考えてチームをサポートしてくれた。献身的にチームに尽くす彼の姿を見て、私は「新キャプテンは屋冨祖しかいない」と思い、彼にチームを任せることにした。まだまだ発展途上なチームなだけにこれから先、屋冨祖を中心にチームがどれだけ成長を見せてくれるのか。私自身もとても楽しみだ。

北海道の野球を盛り上げるために

競技人口を増やすために私たちがすべきこと

北海道には北海道野球協議会という非営利組織（2003年にNPO法人の認可を受けた）があり、野球を通した青少年の健全な育成をテーマに、子どもたちが安心して楽しく野球に打ち込める環境作りに取り組んでいる。行っている活動としては、指導者講習会、野球塾、少年野球教室、審判講習会、ティーボールの普及、ベースボールフェスティバルなどで、野球技術の向上と地域に密着した数々のイベントを手掛けている。

この協議会には、プロ野球（北海道日本ハムファイターズ）、社会人野球、大学野球、高校野球、少年野球、学童野球など、道内のさまざまな年代、カテゴリーの野球組織が関わっており、先に挙げたようなイベントを協力して行っている。このような組織は現在のところ、ほかの都府県ではあまり見受けられず、道外の方々からも「北海道の野球振興システムは進んでいる」とよく言われる。北海道野球界の裾野に携わる野球人のひとりとして、このような動きが全国各地に広がっていくことを願うばかりだ。

北海道高野連・小樽支部としては、キッズフェスティバルという野球イベントを年に1回、行っている。また、シーズンオフにうちの室内練習場を使い、市内の学童野球チームを対象にした野球教室や運動講座を開いたりもしている。

さらに、本校の選手たちはティーボール大会の審判のお手伝いをしているほか、北照独自の取り組みとして、選手たち主導による少年野球教室も不定期だが行っている。

少年野球教室は、選手たちが内容やメニューを考えて開催しているもので、私はほぼノータッチだ（北照のグラウンドで実施）。小樽市内の学童野球チーム（現在は5チームほど）に集まってもらい開催しているのだが、この野球教室が評判となって、中学生チームからも「やってほしい」という要望があり、昨シーズンオフに中学生たちを室内練習場に招いて野球教室を行った。

うちの選手たちも子どもたちと触れ合い、野球を教えるのが楽しいようで「月1回、定期的にやりたい」という意見も出てきている。野球教室での指導を重ねていくと、選手たちは受け答えなども含め、不思議と大人っぽくなっていく。公式戦が行われる球場で野球教室に参加した子どもたちから挨拶されたり、SNSでお礼や感謝のダイレクトメッセージが届いたりと、イベント後の子どもたちとの触れ合いは選手たちのやる気にもつながっているようである。

自主的な野球教室を開催したことで、選手たちの野球に取り組む意識も間違いなく高くなった。チームを強くするためには練習や試合ばかりではなく、このような「選手たちが自分で考えて企画する」という地域貢献イベントも大切なのだと思う。

甲子園で勝てるチームを作る

道内のレベルを上げ、日本一を目指すために何をすべきか

2016年夏に北海が甲子園で準優勝して以降、北海道勢が春・夏の甲子園で勝利したのは2019年春の札幌大谷（2回戦進出）、2023年夏のクラーク国際（2回戦進出）と北海（3回戦進出）だけである。私たちも2018年、2019年ともに夏の甲子園に出場したが1回戦負けを喫している。

駒大苫小牧が夏の甲子園2連覇を達成した2000年代前半は、道内のレベルもぐっと上がった。しかしそこから再び、それ以前の北海道に戻ってしまった感がある。

近年は道外から力のある選手が入ってきていることなどもあり、道内のレベルは少しずつ

上がってきているのだが、甲子園で北海道勢が勝つには、道内のレベルをさらに上げることが必要だ。より道内のレベルが高まっていけば、かつての駒大苫小牧のように甲子園でも勝てるチームが現れるはずだ。北海道高野連の坂本浩哉会長も「甲子園で勝てるチーム作りを北海道全体でしていく必要がある」と事あるごとにおっしゃっている。

私が現役だった時代とは違って、いまは道外からの選手を受け入れている学校がたくさんあり、道外から道内の高校に入ってくる選手は年々増え続けている。北海やうちはもちろん、北海道栄、北北海道では白樺学園やクラーク国際にも道外の優秀な選手が来ている。とはいえ、甲子園で常に上位進出を果たすレベルにはまだ至っていない。選手たちの技術力、さらにはチームとしての戦術、采配を含めた「野球力」が、いまの北海道はまだ全国レベルに達していないということなのだろう。

近年の道内の高校野球を見ると、ピッチャーのレベルは上がっており、全国レベルのピッチャーも年々増えていると思う。問題は打力、機動力を合わせた「攻撃力」にある。北海道の学校が甲子園で勝つには、その「攻撃力」を高めていくことが重要だ。

2018年、2019年に夏の甲子園で1回戦負けとなり、私は「やっぱり打てないと甲子園では勝てない」と悟り、そこから「打ち勝つ野球」を目指してチーム作りを行った。とにかく「打て、打て」とバントもやめて「打ち勝つ野球」に振り切った指導をした。すると、今度は北海道で勝てなくなってしまった。

「やはり守り勝つ野球でなければダメなのか？」

私の中で迷いが生じ「北照の野球」をどうしていけばいいのか、常にそればかりを考えていた。その結果、いまは「守り勝つ野球」をベースにしつつ、先述したように打力と機動力を合わせた「攻撃力」を高めるべく、甲子園で勝てるチーム作りに励んでいる。

甲子園で通用するチームになるには、当然のことながら全国レベルの野球をする必要がある。道外の強豪チームと試合をすると「選手が野球を知っているな」と感心することが多い。ひと言でいえば、監督のやろうとしている野球を選手たちがしっかり理解しているのだ。ピッチャーだけ見ても「このタイミングで牽制する？」「このタイミングで長持ち（ピッチングに間を作る）する？」「このタイミングでウエスト（バッターの空振りや凡打を誘うためにボール球を投げる）する？」「ここでピッチドアウト（バントや盗塁など、相手の作戦を阻止するためにボール球を投げる）する？」など、監督の指示ではなく選手たちが自分で考えて高いレベルの野球を実践している。このような野球ができて、はじめて「全国レベル」といえるのだと思う。

野球も多様性の時代

選手の個性を生かす

甲子園常連といわれる強豪校と試合をすると、本当に勉強になることが多い。春季キャンプやゴールデンウィークの遠征で、本州の全国レベルの学校と練習試合をさせていただくが、強豪校にはいろんな戦術、采配、攻撃・守備のパターンがあり、それらを駆使していろんなことを仕掛けてくる。

仙台育英は、こちらの守備体系に応じたバッティングをしてくる。野手のいないところに打球を飛ばし、ランナーが出たら足でかき回してピッチャーのフォアボールを誘い、塁が埋まったところで長打を打つ。気づけばこちらは大量失点で、向こうはビッグイニングを作っている。「打ち負けた」という気はまったくしないのに、終わってみれば大差で負けている。仙台育英だけでなく、甲子園常連校と呼ばれる学校はどこもそういった野球をしてくる。私はそれを勉強するために全国各地に出かけているが、いずれは北海道全体の野球もそうなっていけばいいと思う。

ただ「打って、投げて、走って」の野球では、甲子園での上位進出は到底望めない。全国レベルのチームには必ずいいピッチャーがいるので、簡単に打たせてはくれない。そこをどうするか？　全国レベルの大エースと超高校級の4番バッターが、うちのチームに揃うことはまずない。また、そういった「すごい選手」に頼るだけの野球では面白くないし、私はそんな大味な野球にはあまり興味がない。質の高い野球をする強豪チームから勝機を見出すには、頭を使った野球をしていくしかないのだ。

時代とともに、高校野球の指導法も変わりつつある。昔は、指導者に言われたら問答無用で従うしかなかったが、いまは違う。バッティングにしても、構えやスイングに関して指導しようとすると嫌がる選手もいる。だから私は、選手に無理強いは絶対にしない。よほど悪い動きをしていたらさすがに修正させるが、基本的には選手たちの自由にさせている。打ち方、投げ方は人それぞれにあり、それが個性でもある。トルネード投法で一世を風靡した元メジャーリーガーの野茂英雄さんは、高校時代からあの投げ方をしていたという。高校の指導者が、もし野茂さんの投げ方を矯正していたら、伝説のピッチャーは生まれなかったことだろう。

バッティングでいえば、かつては「寝かせて（肩に乗せるような感じで）、トップからインパクトまで、最短距離でバットを振る」という指導が一般的だった。でも、いまはそのような構えだけではなく、いろんな構え方をする選手がいる。選手自身も「この構え方が僕には合っているんです。なぜなら〜〜〜」としっかり理由も話す。いまは「多様性の時代」とよく言われるが、野球も決して例外ではない。いろんな個性があるように、いろんなバッターやピッチャーがいていいと私は思っている。

高校球児のみなさんへ

「応援されるためにどうしたらいいか?」を考えよう

私が高校球児のみなさんに求めたいのは「応援されるチーム、応援される高校生であってほしい」ということだ。

ほとんどの球児が、本気で野球をやるのは高校までだと思う。多少技術が劣るチームでも、あるいは多少体力的に劣るチームでも、自分たちより強い相手に勝つことができるのが高校野球というスポーツだ。圧倒的優位な相手に勝つには、チームの一体感が絶対に欠かせない。だから私は本書で何度も述べてきたように、一体感のあるチームを作り、さらに応援されるチームを目指している。そこさえしっかりやっていれば、技術、体力はその後についてくる。みんなで一体となって、チーム一丸となって、ひとつの目標に向かって邁進していくのが高校野球であり、そこにファンを引きつける高校野球ならではの魅力があるのだと思う。

球児のみなさんには、学校のほかの生徒たちから応援されるようになってほしいし、学校の先生たちからも、お父さんお母さんたちからも応援されるようになってほしい。それができなければ、地域の人たちから応援されるチームには絶対になれない。私が何より願うのは「みんなから応援されるチームになるにはどうしたらいいのか?」を考えられる高校生であってほしいということだ。うちの選手たちも含め、すべての球児のみなさんには、人に言われてやるのではなく、自分で考えて自発的に動ける人になってほしい。

もしかしたら、読者のみなさんの中には、壁にぶち当たって野球を辞めたいと思っている球児もいるかもしれない。辞めた後にやりたいこと、別の世界での生きる道が明確にあるのならいいが、ないのなら野球を続けたほうがいいと思う。

本書でお話しした通り、北海道のチームは11月から翌年の3月までの約5か月間、室内練習場にこもって練習をすることになる。そうすると長い冬ごもり生活に飽きてきたり、嫌気が差したりして「辞めたい」と言い出す選手がたまに出てくる(これは〝北海道のチームあるある〟だと思う)。私は、そのような選手が出てくると「やり続けていれば何かいいことがある。だからとりあえず3月まで続けてみよう。辞めるか辞めないかはそのときまた判断すればいいじゃないか」と諭す。

シーズンオフに「辞めたい」と言い出すのは、1年生が多い。中学を卒業したばかりの1年生は精神的にも未熟で、上級生たちに比べれば考え方が幼い。しかし、そういった1年生でも、ひと冬を乗り越えると、技術、体力だけではなく、人としても見違えるようにたくましくなる。2年、3年と学年が上がっていけば「辞めたい」と言っていた人間もそんなことは言わなくなる。

寮暮らしの1年生の場合は、入学してちょっと経つとホームシックになって「帰りたい」と言ってくる選手が何人か出てくる。15・16歳の少年が、新たな環境に馴染めず不安になり、辞めたくなる気持ちもよくわかる。だから、私はそのような1年生にはどんな悩みや不安を抱えているのかをちゃんと聞きつつ「とりあえずもうちょっと続けてみよう」と話す。すると、そういった選手でも3年生になると「地元に帰りたくないです。こっちのほうが友だちが多いので」と言うようになってくる。

選手たちの高校野球生活は、厳密に言えば2年半しかない。だから、私は選手たちに何か問題が発生したときに「それはまた明日にでも」という考えはまったくない。選手とのコミュニケーションを密にして、今日話せることは今日話す。何事も先延ばしにはせず「いま動く」ことを大事にしている。

私はチームの中にちょっと変わった子がいたとしても、それが個性だと思うようにしている。そもそも、すべてが「普通」の人間などどこにもいない。そんなものは、ただの幻想だ。誰にだって「ちょっと変わったところ」はあるし、それが人間というものだと思う。もちろん、この私だって、本書でも述べてきたが変わったところはいくらでもある。

それぞれの個性を無視して、頭ごなしに型にはめようとする昔ながらの指導法は、いまの時代にはふさわしくない。ときにのびのび、ときに締めるべきところは締める。そのバランスを取っていくのが、指導者の最大の役割ではないだろうか。そのバランスさえしっかりと取っていけば、選手は勝手に育っていく。いろんな個性が集まっているから、チームの面白さがある。その多様性がチームの魅力となるのだ。

おわりに

私の人生は「高校野球がすべて」だと言っていい。高校野球をしながら、そして失敗と成功を繰り返しながら（失敗のほうが圧倒的に多いが……）、野球を、さらには人生を学んでいけければいい。どんなときでも、私の真ん中にあるのが高校野球なのだ。

私は高校野球が大好きだし、選手たちとともに過ごす時間も、私にとってはかけがえのないものだ。高校野球の指導をするために教員という職業を選んだので、野球がなくなったら私は困ってしまう。

「甲子園で野球がしたい」

大阪生まれ、大阪育ちの私にとって、それは幼い頃からの憧れであり、夢だった。現役時代は残念ながら手が届かなかったが、部長時代、さらには監督になってからも甲子園に行くことができた。だから、選手たちにも甲子園に行って、すばらしい経験をしてほしい。私には選手たちを連れて行けるほどの指導力がないので、最近は「俺を甲子園に連れて行ってくれ」と選手たちによく話す。

ただ、甲子園に行けば「それですべてOK」というわけでもない。肝心なのは、高校野球で経験したことをその後の人生にどう生かしていくかだ。甲子園に行かずとも、がんばって成功したOBもたくさんいる。もちろん、いつの代の選手にも甲子園を経験してほしいとは思っているが、甲子園よりもその後の人生のほうがはるかに大切なのだ。そこだけは勘違いしないように、選手たちに言い続けていくことも私の大事な役割だと認識している。

私はまだ、監督として夏の甲子園で勝ったことがない。だから目標は「甲子園で1勝」だった。しかし、最近は「甲子園で1勝」だけでは甲子園にすら辿り着けないと思い、目標を「甲子園でベスト4を目指す」に変えた。「お盆以降も甲子園で試合ができるようになろう」と選手たちにはいつも話している。

本書をまとめ終わり、いままでの人生を振り返ってみると、年相応にいろんなことを経験して、学ばせていただいてきたと思う。

巷で「キャリアのVSOP」として、20代はバイタリティ（vitality）、30代はスペシャリティ（specialty）、40代はオリジナリティ（originality）、50代はパーソナリティ（personality）が大事だとよく言われる。20代でいろんなことに挑戦して、30代で専門分野を突き詰めていき、40代でその専門性とともに自分らしさを追求して、50代でそれまでに培ってきたものを土台として、人間性や人間力で勝負する。その「ＶＳＯＰ」に照らし合わせると、確かに20代、30代は結果としてそう生きてきたし、いまの私は自分の色を見つけてオリジナリティで勝負していこうとしている。５年後には私も50代になるが、いままでの経験が50代で花開いてくれればいいと思う。

最後となったが、私を育ててくれた親、学生時代にお世話になったたくさんの恩師と友、チームメイト、指導者となってから知り合った野球関係者、学校関係者のみなさん、いつも私を支えてくれているスタッフ、私の人生に関わっていただいたすべての方々に感謝を申し上げたい。

そして、一番感謝しなければいけないのは、妻である。「甲子園で勝つことが夢」と言い続けて、私は家庭も省みずに自分の道を突っ走ってきた。結婚当初はケンカをしたこともあるが、いまは妻も私の夢に理解を示し、サポートしてくれている。長男は他校だが高校に入っても野球を続け、小学４年生の娘も私には直接言ってこないが「高校野球のマネージャーをしてみたい」と妻には言っているらしい。そんな話を聞くと、父としてもうれしいし、家族から応援してもらっていると感じる。そのように子どもを育ててきてくれた妻には、心の底から感謝している。

家族に恩返しをする意味でも、私は甲子園に行くしかない。家族で甲子園に行ったことがないので、チームの甲子園出場と合わせて家族も甲子園に連れて行き、そこで勝ち上がっていきたい。それがいまの私の大きな目標である。その目標を達成するために、これからも選手たちとともに「北照の野球」を追い求めていく所存である。

２０２４年11月　北照高校野球部監督　上林弘樹

改革者 すべてを変えて、組織力で勝つ

2024年12月13日　初版第一刷発行

著　　者／上林弘樹

発　　行／株式会社竹書房
〒102-0075 東京都千代田区三番町8-1
三番町東急ビル6F
email：info@takeshobo.co.jp
URL　https://www.takeshobo.co.jp

印 刷 所／共同印刷株式会社

カバー・本文デザイン／轡田昭彦＋坪井朋子
カバー写真／アフロ（日刊スポーツ）
取 材 協 力／北照野球部
特 別 協 力／葛原美峰
編集・構成／萩原晴一郎

編 集 人／鈴木誠